格列佛遊記

Gulliver's Travels

強納森・史威特（Jonathan Swift）◎著
張惠凌◎譯
黃郁菱◎繪

晨星出版

小人國遊記

第一章　暴風雨漂流

我叫格列佛，先後在兩艘船上當外科醫生，多次航行到東印度群島和西印度群島。閒暇時，我閱讀了許多經典名著；船隻靠岸時，我會觀察當地的風俗民情，學習他們的語言。

有一回，我登上了「羚羊號」，起初航行一帆風順……

然而途中，船被強烈的暴風雨吹到撞上了礁石，船身立刻爆裂，我和五名船員將小船放到海裡，盡全力划離大船和礁石，大約划了九英里遠，我們力氣耗盡，無法再前進了，只好任憑海浪擺布，忽然吹來一陣狂風把小船掀翻了。

我不知道船上其他人後來怎麼了，我聽天由命地游著，任憑風浪將我往前推進，不時地以腳尖探尋，但是一直踩不到底，眼看就要完蛋了。再也無力掙扎時，突然腳踩到地了，暴風雨也已經大大減弱，海底坡度很小，我差不多走了一英里才上岸，那時大約是晚上八點，我又繼續往前走了將近半英里，但是沒有見到任何房屋或居民。我疲憊到了極點，非常想睡覺，於是在草地上躺了下來，草很短很軟，記憶中我從未睡得如此酣沉。

醒來時正好是黎明，想站起來卻動彈不得，我仰躺著，發現自己的手和腳分別被牢牢地綁在地上，頭髮也同樣被綁著，從腋下到大腿，身上全都被細繩子橫綁。周圍響起一陣吵雜聲，可是我除了天空什麼也看不到。過了一會兒，感覺有什麼東西在我的左腿上蠕動，輕輕地向前移，越過我的胸脯，來到了我的下巴，我盡力往下看，發現周遭盡是身高不到六英吋、手持弓箭、背負箭袋的小人們，我驚訝萬分，大吼了一聲，他們嚇得落荒而逃。其中有幾個急著從我的腰部往下跳，結果受傷了。

但是不一會兒他們又回來了，而且其中一個還走到能看清我整個臉的地方，舉起雙手，抬起雙眼，一副驚訝的模樣，他用刺耳卻清晰的聲音高喊著。我努力掙扎著，扯斷了繩子，我把左臂舉到眼前，看清楚他們綑綁我的方法，再用力一扯，雖然十分疼痛，但還是將綁住我左側頭髮的繩子扯鬆了一點，這樣我的頭大概可以轉動兩英吋。

這時他們又跑掉了。我聽見其中一個人大喊一聲，像是一道命令，隨即有一百多枝像針一樣的箭射中我的左臂，非常疼痛；他們又向空中射了一陣，我猜想有許多箭落到身上，有些則落在臉上，我趕緊用左手去遮擋。一陣箭雨過後，我痛得呻吟起來，掙扎著想脫身，他們便向我發射更多的箭，有幾個還試圖用矛來刺我的腰，幸虧我穿著一件牛皮背心，那些矛刺不進去。我想現在最好乖乖地躺著，就這樣等到夜晚，因為我的左手已經鬆綁，可以很輕鬆地逃脫。至於那些居民，如果他們都長得和我看到的一樣，那麼就算他們派來最強大的軍隊，也不會是我的對手。但是命運卻不如我所預測。

當這些小人發現我安靜下來，就不再放箭了，不過人數增加了。我的右耳聽到敲敲打打的聲音，持續了一個多小時，我盡可能地把頭朝那個方向轉去，看見一個離地面一英呎半高的平臺，旁邊還靠著兩、三道梯子用以攀登。平臺可以容納四個人，其中站著一個看起來身分地位很高的人，他發表了一長串演說，但是我一個字也聽不懂。他看起來像個中年人，比跟在他旁邊的三個人都來得高，那三個人中有一個是侍從，身高似乎只比我的中指略長一些，

正捧著那人拖在身後的衣襬；另外兩人則分別站在他的左右扶著他。他是個十足的演說家，我看得出來他用了許多威脅的語句，有時也提出承諾，並且說了一些表示同情與友好的話。我態度極為恭順地答了幾句，並且舉起左手，雙眼看著天空，請它為我作證。從我離船到現在，已經有好幾個小時沒有吃東西了，由於極度飢餓，再也無法克制不耐煩的情緒，頻頻把手指放入嘴裡，表示我要吃東西。

於是他從臺上下來，命令在我的兩側放幾把梯子，接著便有一百多個人爬上來，將裝滿肉的籃子送到我的嘴邊。我看得出是好幾種動物的肉，但從味道上卻分辨不出其中的差別，有肩胛肉、腿肉和腰肉，從形狀上看起來都像羊肉，料理得很好，但是比雲雀的翅膀還要小。我一口吃下兩、三塊肉，而像步槍子彈般大的麵包一口就是三個，他們對我的體型和胃口驚訝萬分，儘速供應我食物。接著我又作手勢表示想喝水，他們從我吃東西的情形知道，少量的水是不夠的。他們熟練地吊起一個超大的桶子，讓它運轉到我手邊，再把桶蓋打開，我一飲而盡，因為裡面裝的酒還不到半品脫，酒的味道很像勃艮地葡萄酒，但是更為芳香。接著他們又送了一桶過來，我照樣一口就喝乾，並表示還想要，但是他們已經沒有了。我表演完這些奇技之後，他們高聲歡呼，在我的胸脯上跳起舞來。

我得承認，當他們在我身上來回走動時，我很想一把抓住最靠近我的四、五十個人，把他們摔到地上去，可是想起剛才所受的苦，也許那還不是他們最厲害的手段，而且我也承諾過要尊重他們，所以就打消了這個念頭。再說，他們如此大費周章地款待，原則上我也應該以禮相待。然而，我對這些小人的大膽行徑頗為驚訝，因為我的一隻手已經可以自由活動，他們竟敢爬到我身上走來走去，面對我這個龐然大物，他們連抖都不抖一下。

過了一會兒，皇帝派了一位高官前來，十幾個隨從跟著他從我的右小腿爬上來，一直走到臉前。他拿出蓋有王室徽章的證件，遞到我眼前，然後大約講了十分鐘的話，他的臉上沒有怒容，不過口氣很堅決，而且不時地把手指向前方。後來我才明白，他指的是半

英里外的京城；經過研議，皇帝決定把我運到城裡，我回答了幾句話，但是沒有什麼作用；我又用鬆綁的左手，掠過大臣的頭頂，指著右手，接著再指向頭和身體，示意他們鬆綁我。但是大臣搖搖頭拒絕，然後作了個手勢告訴我，他們必須把我當成俘虜運走，不過他又另外作了一些手勢，讓我知道他們會供應足夠的

肉和酒善待我。

這使我又興起了掙脫束縛的念頭，但是想到臉上和手上起水泡的箭傷，疼痛不已，許多箭頭還扎在裡面，而且敵人的數量又增加了，我只好作罷。

不久，我聽到一陣叫喊聲，然後有一群人鬆開我左邊的繩子，如此我才能把身子轉向右邊稍微放鬆一下。他們也在我的臉和雙手塗了一種藥膏，味道聞起來很舒服，幾分鐘後，箭傷所引起的疼痛都消失了。因為這些緣故，再加上剛剛吃了許多美味的餐點，我不知不覺陷入沉睡。後來有人告訴我，我大約睡了八個小時；這一點都不奇怪，因為醫生們遵從皇帝的命令，在大酒桶裡摻了安眠藥。

原來我上岸後昏睡在地上時，就有人立刻通報皇帝，所以他早就知道了這件事，他在議會上決定趁我睡著的時候把我綁起來，同時提供大量的酒和肉，並且準備一架機器把我運到京城。

在皇帝支持學術研究的獎勵之下，數學家們在機械學方面也達到完美的境界。這個皇帝擁有好幾臺裝有輪子的機器，用來運送樹木和一些重物，他常在森林裡建造大軍艦，有的長達九英呎，然後再用那些裝有輪子的機器把軍艦運到三、四百碼外的海上。這次為了把我運進城裡，五百名木匠與工程師立刻建造了他們空前最大的機器，那是一座高三英吋、長約七英呎、寬約四英呎、裝有二十二個輪子的木架。我剛才聽到的那陣歡呼聲就是因為這架機器運到了，好像是我上岸後四小時他們就出發了，他們把機器推來與我的身體平行放著，不過最困難的是怎麼把我抬起來放上去，為此他們豎起了八十根一英呎長的柱子，工人在我的全身上下纏滿繃帶，然後用非常堅固的粗繩，一頭綁住鉤子鉤住繃帶，再藉著木柱頂端的滑車，由九百名壯漢一起拉著粗繩，不到三個小時我就被吊起來放到車上了，最後動用一千五百匹高大的御馬，每匹約有四英吋半高，將我拖往半英里外的京城。不過整個過程中，我都因為酒裡的安眠藥而睡得酣沉。

那天我們走了很長的路，夜晚休息時，我的兩側各有五百名衛兵，一半手持火把，一半拿著弓箭，只要我動一下，他們立刻放箭。第二天黎明，我們又繼續趕路，大約中午時分就抵達離城門不到兩百碼的地方，皇帝和所有官員都出來迎接我們，但是他的大臣們堅決不讓皇帝冒險爬上我的身子。

他們決定讓我住在一幢曾是宮廟的建築物裡，大門朝北，大約四呎高、兩呎寬，我可以爬進爬出；大門的兩側各有一扇離地不到六吋的小窗，皇帝的鐵匠從左側的窗戶拉進九十一條鏈子，看起來很像歐洲婦女用的錶鏈，再用三十六把掛鎖把我的左腿鎖在鏈子上。在大馬路另一邊二十呎外的地方，有一座約五呎高的塔樓，皇帝和他的大官員們登上那座塔樓觀看我的模樣。估計有十萬以上的居民出城觀看，而且，我身旁雖然有衛兵守著，但是至少有一萬個人由梯子爬上我的身體。不久皇帝便頒布公告，嚴禁這種行為，違者處以死刑。工人們覺得我無法逃脫，便將捆綁我的繩索全部割斷，於是我站立起來感到前所未有的沮喪。當那些小人看到我站起來走動時，那種驚恐和喧鬧的情形實在難以形容。鎖在我左腿上的鏈條約有兩碼長，而且鏈條拴在離大門不到四吋的地方，所以我可以在半徑兩碼的半圓內自由地活動，也可以爬進廟裡伸直身體躺著。

第二章　小人國搜查口袋

我站起身來，往四周看了看，我必須承認自己從未見過如此令人心曠神怡的景色。四周田野像是一片綿延不絕的花園，圈圍的田地每塊約有四十呎見方，像是許許多多的花床。這些田地間夾雜著一片片占地約八分之一英畝的樹林，最高的樹大約七呎高。我望向左邊的城鎮，看起來就像劇場裡的繪圖布景。

此時，皇帝已經走下塔樓，正騎著馬朝我而來。雖然那匹馬受過良好的訓練，但看到我在牠面前動來動去，仍然嚇得前蹄騰空躍起。幸好皇帝是位騎馬好手，依舊穩穩地坐在馬背上，直到隨從跑過來勒住韁繩，他才從馬背上下來。皇帝下馬之後，用讚嘆的眼神繞著我端詳了一遍，不過始終保持在鏈子長度以外的範圍。他下令廚子和管家把準備好的酒菜送過來給我，食物放在輪車上，我接過這些輪車，很快就把上面的東西全部吃光：二十輛裝著肉的車，每車只夠我吃兩、三大口；另外，還有十輛載著酒的車，每輛車上有十個陶瓶，我一口就能喝完一瓶。

皇帝的身高比任何一個朝臣都高，大約高出我的一個指甲寬，光是這一點就足已使旁人對他肅然起敬，他的容貌堅毅，充滿陽剛

之氣，有張奧地利人的嘴脣、鷹鉤鼻、橄欖色皮膚，身體和四肢很相稱，舉止文雅，態度莊嚴。當時他二十八歲又九個月，統治這個國家大約七年，大致上國運昌隆，人民幸福安康。

他站在離我三碼遠的地方，服裝很簡樸，樣式看起來介於亞洲和歐洲之間，不過頭上戴了一頂鑲滿珠寶的金冠，冠頂還插著一根羽毛。他拔劍出鞘，以防我掙脫束縛時可以用來防身，那把劍約有三吋長，劍柄和劍鞘都是金的，上面鑲滿了鑽石。他的聲音很尖銳，不過清晰宏亮，所以我就算站起來也可以聽得很清楚。

朝臣和貴夫人們都穿得非常華麗，他們站在那裡，看起來好像一條繡上金色和銀色人像圖案的裙子鋪在地上。

皇帝不時跟我說話，我也回答他，但是彼此都聽不懂對方的話。在場的還有幾個祭司和律師，他們奉命跟我對話，我用幾種略微會說的語言和他們對談，其中包括德語、荷蘭語、拉丁語、法語、西班牙語、義大利語和通行於地中海一帶的混合語，但是毫無效果。

過了大約兩個小時，所有宮廷的人都離去了，只留下一支強大的衛隊，以防止暴民對我無禮或進行惡意攻擊。那些暴民急欲往我周圍推擠，並且盡可能地靠近，當我坐在門口的地上，有幾個人甚至對我放箭，其中一枝還差點射中我的左眼。衛隊上校下令逮捕六個罪魁禍首，他覺得最適當的懲罰方法就是把他們綁起來送到我手中。於是，幾名衛兵用矛柄把他們推到我搆得到的地方，我用右手一把抓起他們，五個放入上衣口袋，然後對第六個做出要活吃他的表情。那可憐的傢伙嚇得高聲喊叫，上校和衛兵們的表情痛苦萬分，尤其當他們看見我拿出小刀的時候，但是我露出和善的目光，用小刀割斷他身上的繩子，然後輕輕放到地上，他立刻拔腿就跑。我用同樣的方法對待其他五個，一一將他們從口袋裡掏出來放走，我發現士兵和群眾對於我的寬厚都十分感激，後來這件事也讓我在

朝廷的處境變得十分有利。

天快黑的時候，我好不容易才爬進屋子裡躺下來休息。在這期間，皇帝下令為我準備一張床，於是車子運來了六百張小床鋪，他們將一百五十張小床疊在一起，組成一張長寬適合我的床，然後再將四張疊在一起，接著又為我準備床單、毯子和被子，但是我覺得睡在床上跟睡在平滑的硬石板上根本沒有差別。然而，對於一個歷盡苦難的人來說，這一切已經算相當不錯了。

我來到這裡的消息傳遍整個王國，引起無數富人、閒人和好奇的人們前來圍觀，以致於許多村落都唱空城計，若不是皇帝頒布了幾道公告加以制止，一定會發生無人耕種、無人理家務的情況。皇帝下令那些已經看過我的人立刻回家，如果沒有朝廷的許可，任何人不得靠近我的房子五十碼以內的地方。

同時，皇帝召開了多次會議，討論處置我的方法。後來，一位地位很高的朋友告訴我，朝廷因此面臨了許多難題，他們擔心我會掙脫鐵鍊，也擔心我的食量過大，會消耗太多食物而引起饑荒。他們一度決定將我餓死或乾脆用毒箭射殺，不過他們又考慮到，這麼一具龐大的屍體所發出的惡臭，可能會在京城引起瘟疫，而且說不定會擴散到整個王國。正當他們討論這些事情的時候，幾名軍官來到會議廳門口，其中兩名獲得召見，把先前我處置六名罪犯的情形報告一番。皇帝對我留下非常好的印象，所有朝臣也都替我辯護，皇帝隨即頒布詔書，下令京城周圍九百碼內的所有村落，每天早上必須送上六頭牛、四十隻羊以及相當數量的麵包和酒，作為我的食物，所有費用由國庫支出。皇帝主要靠自己的領地收入為生，除非有重大事件，否則不會向百姓徵稅，不過一旦發生戰爭，百姓則須主動跟隨皇帝出戰。

皇帝還下令組成一個六百人的編制，做為我的僕役，發給他們膳食費，並在我的大門兩側搭帳篷供他們居住。此外，皇帝還命令三百個裁縫做了一套本國樣式的衣服給我，並且雇用了六名最優秀的學者教我他們的語言。最後，皇帝還規定，不論是御馬或貴族、衛隊的馬，都必須經常在我面前操練，藉此訓練膽量。

所有命令都確實執行，大約三個星期後，我已經學會說一些他們的語言。在這段期間，皇帝經常來探望，而且很樂意協助我學習，我們已經稍微可以對談，而我學會的第一句話，就是希望他可以還我自由。我每天都跪在他面前重複這句話，然而他的回答，據我所理解是：這需要一些時間，而且必須開會決議；前提是，我必須發誓與他以及他的人民和平相處。相對的，他承諾會善待我，還勸我保持耐心、謹慎行事，以此取得他和臣民的好感。他又說，假設他命令幾個官員進行搜身，希望我不要見怪，因為我很有可能攜帶武器，若是這麼一個龐然大物持有武器，那一定非常危險。

我對皇帝表示，他大可放心，因為我已經準備脫下衣服，翻出口袋讓他檢查；我一邊說，一邊用手勢表達。他回答說，根據法律，我必須經過兩位官員的搜查，他也知道，要是沒有經過我的同意和協助，這是件不可能的事；他對我的寬宏大度與正直給予極高評價，因此放心地把他的官員交給我。他還說，無論他們從我身上拿走什麼，當我要離開這個國家時，一定會將物品歸還，或是依照估價賠償。

於是我抓起那兩名官員，先把他們放入上衣口袋，接著又換到身上其他口袋，除了兩個裝錶的口袋和一個祕密口袋以外。密袋裡只有一些瑣碎的必需品，對他們來說沒有什麼意義，所以我覺得沒有搜查的必要；兩個錶袋中，一個放著一隻銀錶，另一個則放著裝有少量金幣的錢包。這兩位先生隨身帶著筆、墨和紙，把看到的每件東西列成一份詳細的清單，他們搜查完之後，要求我把他們放回地上，以便把清單呈給皇帝。我後來把這份清單逐字翻譯出來：

經過嚴密的搜查，巨人上衣右邊的口袋裡，只發現了一大塊粗布，大小足以做為陛下大殿的地毯。左邊口袋裡，有一只大銀箱，但根本提不起來，於是請巨人打開箱蓋，我們其中一人跨進箱裡，結果發現有某種灰塵深及小腿肚，一些灰塵撲到我們臉上，使得我們打了好幾個噴嚏。

巨人背心的右口袋裡，有一大捆白色薄薄的東西，層層疊在一起，約有三個人這麼大，用一條堅固的繩索綑綁著，上面有黑色的符號，我們猜想那是他寫的文字，每個字母幾乎有我們半個手掌那麼大。左口袋裡有一件工具，它的背面凸出二十根長柱子，很像陛下宮前的欄杆，推測那是巨人梳理頭髮的東西，不過我們並沒有問他，因為他很難理解我們說的話。

在他的馬褲右邊的大口袋裡，我們看見一根中空的鐵柱，大約有一個人高，固定在一塊比鐵柱還要大的硬木頭上，鐵柱的一端凸出幾塊形狀怪異的大鐵片，但是不知道用途為何。左邊的大口袋裡也有一部同樣的器械。在右邊較小的口袋裡，有幾塊大小不等的圓形金屬片，有白色和紅色的，其中白色的好像是銀子，又大又重，我們無法搬動。在左邊的小口袋裡，有兩根形狀不規則的黑色柱子，我們站在口袋底部，所以沒有辦法爬到柱子頂端，其中一根被東西包覆著；另一根的頂端有一個白色圓形的東西，大約有我的兩個頭大。這兩根柱子都嵌著一塊巨大的鋼板，我們擔心是危險的器械，所以請他抽出來給我們看。他告訴我們，在他的國家，他用其中一片鋼板來刮鬍子，另外一片則用來切肉。

除此之外，有兩個口袋我們進不去，他說那是錶袋，就在他的馬褲上端的兩個狹長的縫口裡面，因為他肚子的壓力，這兩個口袋被壓得緊緊的。

右邊錶袋外面懸著一條巨大的銀鏈，鏈尾繫著一部很神奇的機器。我們告訴他，不論鏈尾繫著什麼東西，都一定要拉出來，結果那是一個球狀物，一面是銀，一面是半透明的金屬。我們在半透明的一面看見一圈奇怪的符號，伸手想去摸一下，卻被那層透明的物體擋住。巨人把那部機器放到我們耳邊，只聽見它不停地發出像是水車轉動時的聲響。我們猜想，那個東西若不是某種不知名的動物，就是他所崇拜的神，不過我們比較傾向於第二種猜測，因為他告訴我們，無論做什麼事都要請教這個東西——他視它為神諭，生活中所有活動都由它來指定時間。

他從左邊的錶袋裡掏出一張大小足可供漁夫使用的網，不過像錢袋一樣可以開合，實際上他也把它當作錢袋使用。我們在那裡面找到幾塊又大又重的黃色金屬，如果這些是金塊的話，一定價值不菲。

遵奉陛下之命，我們澈底搜查過他身上所有的口袋之後，還發現他的腰間繫著一條用某種巨獸的皮製成的腰帶。腰帶的左邊掛了一把有五個人高的長刀，右邊吊有一只囊袋，裡面又分為兩個小袋，每個小袋都能裝下三個人。其中一袋裝了幾顆約有我們腦袋那麼大的金屬球，十分沉重，需要孔武有力的人才拿得動；另一袋裝有一堆黑色穀粒，體積不大，也不重，我們一把約可抓起五十粒。

以上就是我們在巨人身上搜查後所列的詳細清單。他對我們非常有禮貌，以表達尊重陛下的授命。

簽名蓋章於陛下登基第八十九月又四日

克萊弗林·弗瑞洛克

馬賽·弗瑞洛克

當官員宣讀完這份清單之後，皇帝措辭委婉地要我把幾件物品交出來。首先，他請我摘下彎刀，於是我連刀帶鞘一起交了出去。此時，他命令三千名精兵遠遠地將我圍住，手持弓箭隨時準備放箭；不過我並沒有注意到這件事，因為我的雙眼一直注視著皇帝。接著，他要我拔出彎刀，雖然浸泡過海水的刀有點生銹，但大致上還是很明亮。一拔出彎刀，整個部隊立即發出驚恐的叫喊聲；此時正值烈日當空，我握著彎刀前後揮舞，刀面強烈的反射光使他們眼睛昏花。這位皇帝確實氣概不凡，他並沒有如我想像的那麼害怕；他命令我把彎刀插回刀鞘，並且盡可能輕輕地輕輕地拋到離鏈尾約六呎遠的地方。

他要我交出的第二件東西，是其中一根中空的鐵柱，那是我的袖珍手槍。我把槍拔出來，並依照他的要求，盡可能清楚地向他說明槍的用途。我裝上火藥，幸好彈藥袋綁得很緊，火藥沒有被海水浸溼，並且事先警告皇帝不必害怕，然後朝空中開了一槍。他們這次所受到的驚嚇，比剛才看到彎刀時大得多，上百人倒在地上，彷

佛被子彈擊中一樣，皇帝雖然站著沒倒下，卻也過了好一會兒才鎮定下來。就像拋出彎刀那樣，我也交出兩把手槍和彈藥袋，並且叮嚀他千萬不要讓火藥接近火，因為只要一丁點的火星就會引起爆炸，把他的皇宮炸毀。

然後，我把手錶也交了出去，皇帝看了非常好奇，命令兩個身材最高大的侍從用桿子扛到肩膀上，就像英格蘭的板車車夫搬運麥芽酒桶一樣。他對於錶連續發出的聲響和分針的走動大為驚奇，因為他們的視力遠比我們敏銳，所以很容易能看出走動的分針。他詢問身邊學者們的意見，雖然我並不完全了解他們說話的內容，卻可以看出他們的意見多麼分歧。

接著，我又交出了銀幣、銅幣、裝有九大塊和幾小塊金子的錢袋，還有小刀、剃刀、梳子、銀鼻煙盒、手帕和日記。我的彎刀、手槍和彈藥袋被車子送進了國庫，其他的物品則全部還給我。

先前我曾提到，有一個秘密口袋逃過了檢查，裡面有一副眼鏡、一架袖珍望遠鏡和幾件簡單的用具。那些東西對皇帝來說毫不重要，所以我覺得不必讓他們知道，如果冒險把這些東西交出去，還得擔心被弄丟或是被弄壞。

第三章　鬆綁巨人

我和善彬彬有禮的舉止，到目前為止已經博得皇帝、宮中大臣以及軍隊和人民的好感，心想也許再過不久便可重獲自由。我用盡一切方法討好他們，當地人也就漸漸地不再那麼害怕了。有時候我會躺在地上，讓五、六個人在我的手上跳舞，甚至到最後，男孩和女孩都敢跑到我的頭髮裡面玩捉迷藏。語言方面，也有了很大的進步。有一天，皇帝突然招待我觀看當地的幾項表演，表演者熟練的技巧與華麗的裝扮，遠勝過我所知道的任何一個國家。其中我最喜歡的是走繩索特技，那是在一條長約兩呎、離地面十二吋高的白色細繩上所做的表演。

只有那些想要在宮廷做大官和獲得寵幸的人，才會學習這種技藝。這些人並非都是貴族出身或受過良好的教育，他們從小就接受訓練，每當有官員過世或是失寵而空出重要職缺，就會有五、六個人呈請皇帝准許他們表演繩上舞蹈，以愉悅皇帝和宮廷官員，跳得最高又不跌下來的人，就可以接任這個官職。大臣們也經常奉命表演這種技藝，使皇帝相信他們並沒有喪失這項本領，財政大臣弗林奈普在細繩上跳躍的高度，比任何一位官員都要高出至少一吋。我曾看過他在一條固定於木板的繩索上一連翻了好幾個跟斗，而那繩索只有英國的一般打包繩那麼粗。如果沒有偏心的話，依我的看法，我的朋友內務大臣瑞爾德索的本領僅次於財政大臣，至於其他大臣則彼此不相上下。

這種娛樂時常伴隨著危險的意外事故，而且都被記錄在案，我曾親眼看到兩、三個候選人摔斷手腳。但是當大臣們奉命展現本領時，危險性就更高了，因為他們都希望跳得比以前好，也想要贏過對手，所以都奮力表演，很少有不摔落的，有的人甚至會跌兩、三次。據說在我來到這裡的前一、兩年，弗林奈普就發生過意外，幸好當時皇帝的一塊墊子恰巧擺在地上，減弱了跌落時的力道，否則他的脖子早就摔斷了。

另外，還有一種只在特殊節日專門表演給皇帝、皇后和首相看的。皇帝在桌上放三條六吋長的精美絲線，分別為藍色、紅色和綠色，這三條絲線是皇帝要頒發的獎勵品，不同顏色代表不同的恩寵。表演儀式在皇宮的大殿舉行，表演者必須展現出和前面完全不同的技藝。皇帝雙手握著一根棍棒，兩端與地面平行，演出者便一個一個地走上前去，他們有時跳過棍棒，有時在棍棒下反覆前後爬行，而往前或往後則視棍棒上提或下放而定。有時候，皇帝和首相各握著棍棒的一端，有時則由首相獨自拿著。表演得最敏捷，跳躍和前後爬行的時間維持最久的人，就是第一名，獲頒藍色絲線，第二名獲頒黃色絲線，第三名則是綠色絲線，他們會把絲線繞兩圈纏在腰間，宮廷的大臣們幾乎都用這種腰帶來裝飾。

軍馬和御馬每天都被帶到我的跟前，所以現在看到我已經不再膽怯，即使走到腳邊也不會受到驚嚇。我把手放在地上時，騎士們就會縱馬跳過，皇帝的一名獵人還曾經騎著高大的駿馬從我的鞋面一躍而過，確實令人驚訝。

有一天，很榮幸我有機會在皇帝面前表演一種非常特別的遊戲。我請他吩咐下人準備幾根兩呎長、普通手杖般粗細的棍棒。第二天清晨，六個伐木工人駕著六輛馬車把東西運來了，我挑選了九根棍棒，並把它們牢牢地豎立在地上，成為一個二點五平方呎的四方形；接著，我又拿了四根棍棒，分別橫綁在四個角落離地約兩呎高的地方，然後我把手帕綁在九根直立的木棍上，四面盡量拉緊直到像一面鼓，那四根與地面平行的棍棒高出手帕約五吋，作為四邊的欄杆。完成之後，我請皇帝讓一支由二十四人組成的騎兵到這平臺上操演，皇帝贊成這項提議，於是我把這些馬一匹一匹地拿到手帕上，每匹馬上都已經坐著全副武裝的優秀軍官。他們排列整齊之後，立刻分成兩隊，進行小規模的演習，一時鈍箭齊發，刀劍出鞘，有的敗逃，有的追趕，有的進攻，有的撤退，總之表現出我所見過最嚴明的軍事訓練。因為有四根橫木的保護，士兵和馬匹都沒有跌落下來，皇帝看了極為高興，他下令軍隊一連表演了好幾天，有一次還興奮得要我把他舉到平臺上發號施令，他甚至想盡辦法說服皇后，讓我把她連同坐椅舉到離平臺不到兩碼遠的高處，好讓她從那裡清楚地觀看表演。

很幸運地，幾次表演都沒發生意外。只有一次，一位隊長的坐騎猛烈地用蹄子把手帕踹出了一個洞，馬腿一滑，人仰馬翻。所幸我立刻將人馬救起來，再以一手遮住洞，一手像原先送他們上臺那樣將人馬放回到地上。那匹馬扭傷了左肩胛，隊長則安然無恙，我盡量補好手帕，不過再也不敢用手帕進行這種危險的遊戲了。

正當我在表演這項技藝娛樂宮廷百官時，突然一名差役向皇帝報告說，幾個百姓騎馬經過我當初被發現的地方，看見了一個巨大的黑色物體，形狀很奇怪，邊緣成圓形往外伸展，寬度有皇帝的寢宮那麼寬，中間往上凸起，約有一個人高。他們擔心那是某種活的動物，但是它又一直躺在草地上動也不動，於是幾個人就繞著它走了幾圈，然後又踩著彼此的肩膀爬到那東西的頂部，他們發現上面是平坦的，用腳一踩才知道裡面是空的。他們猜想那可能是巨人的東西，如果皇帝願意，他們只要用五匹馬就能把它運回來。

我立刻知道他們指的是什麼，而且很高興聽到這個消息。剛上岸時的我狼狽不堪，還沒走到睡覺的地方帽子就掉了。我划船時用了條繩子把帽子繫在頭上，游水時也一直戴著，大概是後來繩子斷了，我卻渾然不知，還以為帽子掉進了海裡。我向皇帝說明帽子的用途和特性，請求他下令盡速將帽子拖回來。第二天，車夫將帽子

運回來了，可是他們在離帽緣不到一吋半的地方鑽了兩個洞，裝上兩個掛鉤，然後在掛鉤上綁一條長繩子接到馬具上，就這樣把我的帽子拖了半英里路。不過這個國家的地面相當平滑，帽子損壞的程度遠比我想像中來得輕。

為了恢復自由，我多次上呈請願書，皇帝終於在內閣會議上和全體政務委員會議上提出了這件事，除了斯開瑞奇・博格蘭姆之外，沒有其他人反對。我跟這個人並沒有過節，但是他卻處處與我作對，這位大臣是當朝的海軍上將，深得皇帝信任，也熟諳國家政務，不過臉色陰沉、性情乖戾。幸好，全體閣員都表示贊同，皇帝也批准了我的請求。最後他還是被說服了，但堅持進行有條件的釋放，而且條件須由他親自起草，我必須宣誓信守那些條件。斯開瑞奇・博格蘭姆在兩位次長和幾位顯要官員的陪同下，親自將宣誓文件交給我。宣讀完之後，他們要我先以自己國家的儀式，再按照他們法律所規定的方式宣誓履行。他們的方式是：用左手握住右腳，再把右手中指按住頭頂，大拇指放在右耳尖上。我盡可能地把整份文件逐字翻譯出來，好讓大家看一下：

一、未持加蓋我國國璽的許可證，巨人不得擅自離境。

二、未得到指示，不准擅自進入首府；如經特許，應在兩小時前通知居民不得出門。

三、巨人只能在主要大道上行走，不得在草地上或麥田裡行走或臥躺。

四、巨人在大道上行走時必須極為小心，避免踩踏我國人民及其車馬；未經人民親口同意，不得將他們拿在手中。

五、如遇有特殊的緊急文件要傳遞，巨人須將信差和馬匹裝進口袋，一個月一次走六日路程，必要時，還須將該信差平安送返。

六、巨人必須和我國聯盟，一同對抗布列夫斯卡島的敵人，盡全力摧毀正準備侵略我們的敵軍艦隊。

七、巨人在閒暇的時候必須幫助我們的工匠搬運巨石，建造公園圍牆和其他皇家建築。

八、巨人需在兩個月內，以沿著海岸線步行的方式，呈交一份我國領土周長精確測量報告。

最後，巨人如果鄭重宣誓遵守上述所有條款，他每天可獲得足以維持我國一千七百二十八個人民生活的飲食，並且可以自由地接近皇族成員，享有皇帝的其他恩賜。

皇帝登基以來第九十一月又十二日於貝爾法柏拉克宮殿

我高興地宣誓了條款，並且在上面簽字。雖然海軍上將斯開瑞奇．博格蘭姆故意刁難，有幾項條款不太合理，不過拴住我的鎖鏈立刻被解開，我自由了。皇帝親自蒞臨，我覺得備感榮幸，於是跪伏在他的面前表示感恩，但是他命令我站起來，親切地和我說了許多話，希望我可以成為他的忠誠僕人，不要辜負他過去或未來可能賞賜的恩典。

第四章　參觀小人國

獲得自由後，我第一個請求就是希望參觀首都麥爾丹多，皇帝爽快地答應了，不過特別指示我不許傷害當地居民和房舍，居民也從公告中得知我要參訪首都的消息。首都四周被兩呎半高、十一吋厚的城牆環繞著，因此外圍可容許一輛馬車安全繞行。城牆四周每隔十呎就是一座堅固的塔樓，我跨過西側大門，輕緩地往裡走，側身穿過兩條主要道路，我只穿了件短背心，因為擔心上衣的下擺會損壞民房的屋頂和屋簷。雖然公告嚴禁任何人出門，以免發生危險，但我還是非常小心地行走，避免踩到任何在街上遊蕩的人。閣樓的窗前和房屋頂樓全都擠滿了看熱鬧的人，在我的旅行經驗中，從未見過像這樣人口稠密的地方。這座城市是正方形的，每一面城牆都是五百呎長，兩條五呎寬的大道在城中交叉，把全城分作四個部分，胡同與巷子只有十二到十八吋寬，我進不去，只能在路過時看一下。這座城市可容納五十萬人，城裡的房子有三層樓到五層樓高，商店和市場樣樣齊全。

皇宮坐落在全城的中心，正好在兩條主要大道的交會點上。皇宮的四周環繞著兩呎高的圍牆，宮殿與圍牆之間有二十呎遠。皇帝允許我跨過圍牆，而圍牆與宮殿之間的距離很寬，可以很容易地看到宮殿的每一面。皇宮外院有四十呎見方，其中還有兩座宮院，最裡面的是皇家內院，我很渴望能參觀一下，不過非常困難，因為兩座宮院之間的大門只有十八吋高、七吋寬；外院的建築有五呎多高，雖然院牆由石塊砌成，厚達四吋，非常堅固，但是想要跨過去而不損害到建築物，實在不可能。

然而皇帝很希望我去參觀他那輝煌壯麗的宮殿，因此三天後我終於如願。在那三天裡，我在離城約一百碼遠的皇家公園裡用小刀砍倒了幾棵大樹，然後做了兩張凳子，每張約有三呎高，而且足以承受我的體重。市民們接到第二次公告後，我就拿著這兩張凳子再次進城前往皇宮。來到外院側邊後，我站到一張凳子上，然後把另一張凳子舉過屋頂，輕輕地放到兩座宮院之間約八呎寬的空地上。然後，我輕易地跨過了外院，站到另一張凳子上，再用帶鉤的手杖把第一張凳子鉤過來。藉由這樣的方法，我終於進入了皇家內院，接著我側著身子躺下來，把臉湊到那幾扇特地為我打開的窗子前，由此我看到了最富麗堂皇的內宮，看到了皇后和年輕的王子們在各自的寢宮裡，並有隨從侍奉在側，皇后帶著親切地微笑，把一隻手伸出窗戶讓我親吻。

在恢復自由約兩個星期後的某天早上，內務大臣瑞爾德烈索突然來到我的寓所，身旁只有一個隨從。他吩咐馬車在遠處等候，並要求我給他一個小時聽他說話。他的地位崇高、功績卓越，而且當初我向朝廷提出恢復自由的請求時，他幫了我不少忙，因此我立刻答應了他並表示願意躺下來讓他方便靠近我的耳朵，不過他卻希望我把他放在手裡交談。他首先祝賀我恢復自由，不過他又說，要不是因為朝廷目前的處境，我可能無法這麼快就重獲自由。

「因為……」他說，「在外國人看來，我們的國勢似乎很昌隆，但實際上卻深受兩大危機所苦：一是國內激烈的黨派鬥爭；一是國外強敵入侵的危險。關於第一個危機，你應該知道，七十多個月以來，國內一直存在著兩個敵對的黨派，一個黨叫做特拉麥克森，一個黨叫做斯拉麥克森，區別只在於他們鞋跟的高低。據說穿高鞋跟最符合古法，儘管如此，皇帝卻規定所有的政府官員只能任用穿低跟鞋的人，也只有穿低跟鞋的人才能獲得皇帝的恩寵，這一點你應該已經察覺到了，而且，皇帝的鞋跟比朝廷中任何一位官員的都還要低。這兩個黨派積怨頗深，從不和對方一起吃喝或談話，據我們估算，高鞋跟黨的人數比我們還多，但權力卻完全落在我們手中。令人擔憂的是，皇帝的繼承人有高鞋跟黨的傾向，至少我們很清楚地看到他的一隻鞋跟高過於另一隻，走起路來一跛一跛的。

然而，正當國內動盪不安的時候，我們又面臨布列夫斯卡島敵人侵略的威脅。布列夫斯卡是一個大帝國，國土和軍力幾乎和我國不相上下。至於你說過世界上還有其他一些王國和國家，也住著像你一樣巨大的人類，但是我們的哲學家對此深表懷疑，他們寧願相信你是從月球或是某個星球掉下來的，因為只要有一百個像你這麼龐大的人，很快就會把王國內所有的果實及牲畜吃光。除此之外，在我國六千個月的歷史上，除了小人國和布列夫斯卡兩大帝國外，從來沒有提到過其他什麼地方。然而，這兩大強國已經苦戰了三十六個月。

戰爭的原因是，自古以來，吃雞蛋的方法是打破雞蛋較大的一端，可是當今皇帝的祖父小時候按古法吃雞蛋時，有次不小心割傷了手指頭，因此他的父王就下了一道命令，要求全國人民吃雞蛋時必須打破較小的一端，違者重罰。人民非常痛恨這道命令，歷史上還因此發生過六次叛亂，導致其中一位皇帝丟了性命，另有一位則喪失了王位。這些內亂經常都是受到布列夫斯卡君王的煽動所引起的，當叛亂平息後，流亡的人總會逃到那個帝國尋求庇護。據估計，先後曾有一萬一千人寧死也不願打破雞蛋較小的一端。針對這個爭論，曾經有數百本鉅著出版，但是大端派的書一直被禁止，法律上也規定這一派的人不得擔任官職。

在這些紛亂的過程中，布列夫斯卡的君王經常派大使前來，指責我們製造宗教分裂，違背了偉大的先知拉斯陀格在《布蘭德克爾》（他們的聖經）第五十四章中的基本教義。不過我們認為那是他們曲解了經文，因為原文是：『所有虔誠的信徒都應該從較方便的一端打破雞蛋。』依我個人淺見，哪一端是方便的一端，似乎只能留待各人的良知判斷，或是由主要行政長官來決定。大端派流亡者深得布列夫斯卡帝王的信任，又廣獲國內黨羽的秘密援助和慫恿，兩帝國之間便因此展開了血戰，三十六個月以來，雙方各有勝負。這段期間，我國損失了四十艘主要戰艦以及眾多的小船和三萬名精銳的海軍和陸軍。據估計，敵人所受的損失比我們還要嚴重。不過，他們現在又裝備了一支強大的艦隊，正準備向我們進攻，皇帝深信你的勇氣和力量，因此請我把這些事情告訴你。」

我請內務大臣回奏皇帝，讓他知道，雖然我是個外國人，不便干涉他國的黨派紛爭，但為了保衛他和他的國家，我願意冒著生命危險抵抗一切入侵者。

第五章　搶奪敵國艦隊

布列夫斯卡帝國是小人國東北方的一個島國，兩國間只隔著一條八百碼寬的海峽。我沒見過這座島，自從得知他們企圖侵略的消息之後，我就避免到那一帶沿海地區，以防被敵人的船隻發現。他們尚未得知有關我的消息，因為戰爭期間兩國嚴禁任何往來，違者將處以死刑，而且皇帝又下封港令，任何船隻不得進出港口。我向皇帝提出一個奪取敵人艦隊的計畫，因為根據偵察員的報告，敵人的艦隊正停泊在港灣，一遇順風就起航。我向經驗豐富的海員請教有關海峽深度的問題，因為他們經常進行探測。我朝東北方的海岸走去，然後在一座小山丘背面趴下，取出我的袖珍望遠鏡，看到了停泊在港口的敵艦，有五十艘左右的戰艦和大量的運輸艦。

然後我回到住所，因為有授權令，所以我下令準備大量堅固的纜繩和鐵條。纜繩的粗細與包裹繩差不多，鐵條的長度大小則與縫衣針一樣。我把三根纜繩編成一根使它更結實；同樣地，我也把三根鐵條扭在一起，然後兩端彎成鉤狀，再把五十隻鐵鉤固定在五十根纜繩上之後，又來到了東北海岸。我脫下外套、鞋子和襪子，只穿著皮背心走進海裡，這時離漲潮大約還有半個小時，我盡速涉水而過，在海峽中央游了大約三十碼，我的腳就踩到海底了。不到半個小時，我已到達敵艦停泊的地方。敵人看見我時，嚇得紛紛跳下船朝岸邊游去，總數不下三萬人。接著我拿出工具，在每一艘船的船頭套上一個鐵鉤，再把所有纜繩的另一端收攏在一起，這個時候，敵人朝我放了幾千枝箭，有許多枝射中了手和臉，使我疼痛萬分，也擾亂了工作進行。我最擔心的是眼睛，要不是突然想到了應對措施，恐怕早就失明了。於是我拿出眼鏡戴在鼻子上。有了這項防護，就可以繼續勇敢地工作，儘管好多枝箭射中了鏡片，但除了造成一些小麻煩外，並沒有任何不良後果。我把所有鐵鉤都固定好，便拿起繩結，開始用力拉，可是船一動也不動，因為它們全都下了錨，被緊緊地扣住了，看來最艱難的工作還在後頭。因此我先放下繩索，但是必須讓鐵鉤繼續鉤在船上，再用小刀割斷綁住鐵錨的纜索，這時我的臉上和手上又中了兩百多枝箭，然後我重拾繫著鐵鉤的繩索，輕輕鬆鬆地把敵人最大的五十艘戰艦拖走。

布列夫斯卡人一點都沒料到我的企圖，起初只是驚慌失措。當他們看見錨索被割斷時，以為我只是想讓軍艦隨波漂流或是互相撞擊而沉，但是當他們發現整個艦隊整整齊齊地移動起來，又看見我在前頭拉著時，立刻悲痛絕望地尖叫起來，那種情形實在難以形容。脫離險境之後，我稍微停了一下，拔出射在手上和臉上的箭，並且擦了一些初到小人國時他們給我的那種藥膏。然後摘下眼鏡，等了大約一個小時，直到海潮稍微降退，我才拖著敵人的艦隊涉水走過海峽，安全返回小人國皇家港口。

皇帝和全朝官員都站在岸邊，等待這次偉大冒險的結果。他們看見敵艦成半月形大規模地往前進，可是卻看不到我，因為海水已經淹到了胸脯，當我走到海峽中央時，他們更加焦急了，因為此時我從脖子以下全都淹沒在海水中。皇帝斷定我已經溺死，而半月形的艦隊不斷朝他們逼進，但是不久之後他就放心了，因為我越往前走，海水越淺，很快地走到可聽見彼此聲音的地方，並且舉起繫著軍艦的纜繩，高聲呼喊：「小人國帝王萬歲！」這位偉大的皇帝迎接我上岸，並且竭力讚揚，當場授予我最高榮譽封號「那達克」。

皇帝希望再找機會把敵人的其他軍艦全都拖回他的港口。他的

野心實在深不可測，因為他似乎想把布列夫斯卡整個帝國貶為一個行省，派一位總督前往治理；他想要消滅大端派的流亡者，強迫那個國家的人也都打破雞蛋較小的一端，這樣他就可以成為世界上唯一的君王。但是我從政策和正義方面列舉了許多論點，盡力使他打消這個念頭，坦白地表示，我永遠不會成為別人的工具，使得一個自由、勇敢的民族淪為奴隸。會議針對這個議題辯論的時候，部分明智的大臣都和我抱持相同的看法。

我這大膽的公開聲明，完全和皇帝的計畫與政策背道而馳，因此他絕不會原諒我。據說，有幾位明智的大臣以沉默的方式表示贊成我的意見，但是其他幾位因為是我的死敵，就趁機迂迴地說一些中傷我的話。從此，皇帝與其他不懷好意的大臣就策劃一項陰謀。你一旦拒絕滿足皇帝的野心，那麼就算你曾獲得再大的功勳，也會立刻變得微不足道。

在我立下功勞的三個星期後，布列夫斯卡正式派遣大使謙恭地前來求和。不久後，兩國簽訂了對小人國極為有利的和約，和約內容我就不再贅述了。布列夫斯卡國派來的大使有六位，隨行人員大約有五百人，場面十分隆重，與該國皇帝的威嚴相符，也表示使命重大。簽約之後，有人私下告訴那幾位大使，說我其實是他們的朋友，因為我憑藉著自己在朝廷中的聲望，在訂約過程中幫了他們一些忙，因此他們便禮貌性地前來拜訪。先是讚揚我的英勇和寬大，然後以布國皇帝的名義邀請我訪問他們的王國，並且表示很希望我能為他們表演一番。

我欣然答應了這個請求。

我花了些時間款待這幾位大使，他們十分滿意，並對我的一切感到十分驚奇，我則請他們代我向布國皇帝致上最誠摯的敬意。布王仁德遠播，舉世欽佩，在我返回祖國前一定會去拜見他。於是，我在下一次謁見小人國皇帝時，請他准許我前去拜會布列夫斯卡的皇帝。雖然獲得了同意，但是我看得出來，他的態度十分冷淡。後來有人偷偷告訴我，是弗林奈普和博格蘭姆把我和布國大使往來的情形呈報給皇帝，說那是我背叛的表現。不過這件事情我自認問心無愧，這是我第一次對朝廷和大臣們產生不好的觀感。

值得一提的是，這些大使是透過翻譯員和我交談的。兩個帝國的語言和歐洲任何兩國之間的語言一樣，有很大的差異，而且每一國都以自己的語言歷史最悠久、最優美、最有活力而自豪，甚至公然蔑視鄰國的語言。不過小人國皇帝仗著奪取布國艦隊的優勢，迫使他們在遞交國書或發言時都必須使用小人國的語言。除此之外，由於兩國間的商貿往來頻繁，而且彼此都接納對方的流亡者，又因為兩國都會互派貴族子弟及富紳到對方國家留學，以增廣見聞、了解異國風土民情，所以名門望族和沿海地區的商人、海員幾乎都會說兩國語言。

第六章　在小人國的生活

小人國當地人的身高不超過六吋，因此動物和植物都有與之相稱的嚴格比例。例如，最高大的馬和牛約四到五吋，綿羊大約一吋半，鵝只有麻雀那麼大，依次往下推，一直到最小的種類，我就幾乎看不見了。不過，大自然使這個族類的眼睛能適應所看到的一切，他們可以看得非常清楚，只是看不太遠。有一次，我看到一位廚師在拔雲雀的羽毛，而那隻還不及普通蒼蠅那般大；又有一次，我看到一個女孩拿著一條細到看不見的絲線，在穿一根小得看不見的針，這些都說明了他們對近處物體的視力十分敏銳。這裡最高的樹木約有七呎，我指的是御花園裡的那幾棵，我舉起手臂時剛好碰得到樹頂，其他植物也依此比例生長。

他們的學術經歷許多年代的發展，已經相當發達。不過他們書寫的方法非常特別，既不像歐洲人從左寫到右，也不像阿拉伯人從右寫到左，或像中國人從上往下寫，更不像卡斯凱吉人從下往上寫，而是從紙的一角斜著寫到另一角。

他們埋葬死人時是將死人的頭垂直朝下，因為他們認為，一萬一千個月之後死人會復活，屆時地球（他們認為是扁平的）會上下翻轉過來，所以使用這種埋葬法，死人復活的時候就會直接站在地上。當然，一些學識淵博的人也承認這種說法很荒誕，但是這個習俗還是一直延續下去。

他們把欺詐看得比偷竊更為嚴重，因此犯下欺詐罪的人幾乎都會被處死。他們認為，一個人只要小心謹慎，提高警惕，再加上一些普通常識，就能保護自己的東西不被偷；但是誠實卻無法對抗狡猾的騙術。既然生活中必然會有買賣和借貸的行為，因此，如果我們縱容欺詐而沒有法律加以制裁，那麼誠實的商人永遠吃虧，狡猾的騙子反倒占了便宜。記得有一次，我在皇帝面前替一個拐騙主人一大筆錢的罪犯說情，那個人奉主人之命出外收款，結果最後竟然捲款潛逃。我對皇帝說，那只是一種背信的行為，希望能減輕對他的刑責。皇帝覺得我太過荒謬，竟然把最能加重此人罪行的理由提出來替他辯護，當時我真的無言以對，只能回答說，不同的國家有不同的風俗吧。我承認，當時確實感到非常羞愧。

我們通常都認為賞與罰是政府運作的兩大關鍵，但是除了小人國，我還沒有看過哪個國家確實將這一準則付諸實行。在這裡，任何人只要能提出充分證據，證明自己在七十三個月內一直嚴守國家法律，就可以要求某種特權，根據他的身分地位和生活狀況，從專用的基金中領取相稱的金額，並且可以冠上「守法者」的稱號，不過這個稱號不能傳給後代。我告訴他們，我們的法律只有刑罰沒有獎賞，他們認為這是我們政策上的一大缺點。因為這個緣故，他們法院裡的正義女神雕像有六隻眼睛，兩隻在前，兩隻在後，左右還各有一隻，這代表正義女神是謹慎小心的。女神右手拿一袋金子，袋口開著；左手持一柄寶劍，劍插在鞘內，這表示她喜歡獎賞而不是懲罰。

在人事任用方面，他們注重良好品德更甚於優異才能。因為他們認為，人類既然需要政府，那麼只要具有一般才能的人就可以勝任各種公職；而且，上帝也無意把管理公眾之事弄成一門複雜難懂、只有少數傑出天才才能理解的高深學問。他們認為每個人都有誠實、正義和節制等美德，只要實踐這些美德，加上經驗和善心，任何人都能為國服務，只不過需要一些訓練罷了。他們還認為，一個人如果缺乏德行，那麼就算他有再好的資質也沒有用，任何職務都不能交到那些危險分子手中。相反的，一個正直良善的人如果由於無知而犯了錯，也不會像那些道德淪喪，還企圖掩飾自己腐敗行徑的人那樣，給大眾福祉造成無可挽回的後果。

不相信天命的人也不能擔任公職，因為這裡的人認為，既然皇帝宣稱自己是上帝的代表，若是他任用的人不承認他所憑藉的權威，那就太荒謬了。

忘恩負義是判死罪的，他們的理由是：對於自己的恩人以怨報德，絕對是人類的公敵，他們不懂得感激別人施予的恩德，根本不配活在這個世界上。

我在小人國住了九個月又十三天，因為生活上的需要，我用皇家公園裡最大的樹木為自己做了一套便利的桌椅。他們雇了兩百個女裁縫為我製作襯衫、床單和桌巾，他們用的是最粗且最硬的布料，但還是得把好幾層疊在一起縫製，因為他們最厚的布都比我們最細的棉布還要薄。他們的亞麻布一捲通常是三吋寬三呎長，我躺在地上讓女裁縫們量尺寸，其中一個站在脖子上，一個站在腿中央，兩人各拉著一根粗線的一端，再由第三個拿一把一吋長的尺來量這根粗線的長度。接著，她們又量我右手的大拇指，之後就不需再量了，因為根據數學原理來計算，大拇指周長的兩倍等於手腕的周長，以次類推，她們又算出了脖子和腰圍的大小。再加上我把一件舊襯衫攤在地上讓她們做樣本，所以她們做好的襯衫非常合身。他們又雇了三百個男裁縫以同樣的方式幫我做外套，不過他們用另一種方法為我丈量。我跪在地上，他們豎起一把梯子靠在脖子上，然後一個人爬上梯子，從我的領口垂下一根錘線直到地上，這就是我的外套長度，不過腰身和臂長我得自己量。這些衣服全都是在我的住所縫製的，做好的衣服看起來很像英國婦人們做的補綴衣。

我有三百名廚師替我料理飲食，他們和家人一起住在我房子附近的簡便小屋裡。每位廚師為我煮兩盤菜。我把二十個男侍者舉起來放到桌上，另外還有一百多名在地面上侍候著，有的端著一盤盤的肉，有的扛著一桶桶的酒。我要吃什麼，桌上的侍者就用繩索巧妙地把食物吊到桌上，就像我們歐洲人從井裡拉起吊桶一樣。他們的一盤肉只夠我吃一大口，一桶酒也只夠我喝一口。他們的羊肉沒有我們的好吃，不過牛肉倒是美味極了。我曾經吃到一塊很大的牛腰肉，要咬三口才吃得完，不過這種機會很少。像在祖國吃雲雀的腿肉一樣，連肉帶骨一起吞下肚，他們看了都非常驚訝。他們的鵝和火雞我通常都一口一隻，而且我必須承認，那味道比我們的好太多了，至於其他較小的禽肉，我用刀尖一次可以叉起二、三十隻。

皇帝聽說了我的生活情形後，有一天，他突然想帶皇后和年輕的王子、公主們來和我一起用餐。他們駕臨之後，我把他們放置到桌面的椅子上和我面對面坐著，四周有侍衛保護。財政大臣弗林奈普手裡拿著他那根白手杖也隨侍在側，我發覺他不時以敵對的目光瞪著我，我並不理會，反而吃得比平常還要多，一方面是為了光耀我親愛的祖國，另一方面是想讓小人國的廷臣們欽佩。我相信皇帝這次的駕臨又給了弗林奈普一個算計我的好機會，這位大臣一向暗地裡與我為敵，但是表面上卻對我相當客氣，與他陰暗乖僻的本性有很大的出入。他對皇帝說，目前的財政狀況非常窘迫，撥付款項都得大打折扣，貨幣實際價值也比票面價值低百分之九才能流通，短時間內我已經耗掉皇帝一百五十多萬「斯普魯格」，總之，皇帝應該盡快找機會把我打發走。

宮廷中的貴族們也經常來看我，每當有人來訪，僕人便會先行通報，我就立刻到門口迎接。行禮問安之後，我便非常小心地用雙手拿起馬車和兩匹馬，放到桌子上。為了防止意外發生，我在桌面周圍釘了一道五吋高的活動桌邊。我的桌上經常同時有四輛馬車，裡面全坐滿了客人，這時我得坐到椅子上，然後把臉靠近他們，我和第一輛馬車中的客人交談時，馬車夫就駕著其他的車子，在桌子上慢慢地兜圈子。我就在這樣的交談中度過了許多愉快的下午。

第七章　巨人彈劾書

我對於宮廷裡的事情一直都很陌生，而且礙於身分其實也沒有資格了解。不過，有關皇帝和大臣們性情與脾氣的故事，我倒是聽過也讀過不少，但實在沒想到，對如此偏遠的一個國家，竟然也會有這麼可怕的影響。我本來還以為這個國家的統治原則與歐洲國家完全不一樣呢。

就在我準備謁見布列夫斯卡皇帝的時候，宮廷裡的一位重要人士夜裡坐著轎子十分隱秘地來到我家。他並沒有通報姓名，便直接要求會面。打發走轎夫之後，我把他連同乘坐的轎子一起放進上衣的口袋裡，然後吩咐一個可靠的僕人，要他說我身體不太舒服已經入睡了，之後我關緊大門，依照平常的習慣，把轎子放到桌上，然後在桌子旁邊坐下來。彼此寒暄過後，我發現這位大人滿臉憂慮，就問他發生了什麼事。他要我耐心地聽他講，因為這件事攸關我的榮譽和生命。

「要知道，為了你的事，國務會議的幾個委員最近召集了一次極為秘密的會議，皇帝兩天前已經作出了決定。

相信你也很清楚，從一開始海軍上將斯開瑞奇·博格蘭姆就成了你的死對頭。起因是什麼我並不知道，不過自從你大敗了布列夫斯卡，使得這個海軍上將的顏面盡失，他對你的仇恨也就更深了。這位大將和財政大臣弗林奈普、將軍林托克、內侍大臣拉爾康以及大法官巴爾穆夫向皇帝提了一份彈劾書，指控你犯有叛國罪和其他重大罪行。」

這一段開場白讓我無法接受，因為我覺得自己只有功沒有罪，於是急著想辯駁，但是他請我不要講話。

「為了報答你的恩情，我冒著生命危險打聽到全部的消息，還拿到了一份彈劾書的副本。」

巨人彈劾書

第一條：巨人曾擄獲布列夫斯卡皇家艦隊，並帶回皇家港口，之後皇帝陛下命令他將殘餘的船隻也奪取過來，將布列夫斯卡貶為我國的一個行省，從此由總督管轄，並且將大端派亡命之徒及該國不願立即放棄大端主義的異端，全部消滅處死，然而巨人就像個狡詐的叛徒，以不願違背良心摧毀一個無辜民族的自由與生命為託辭，違抗了尊貴的皇帝陛下。

第二條：布列夫斯卡派遣使臣前來我國求和時，巨人就像個狡詐忤逆之徒，明知道這些人是最近與皇帝陛下公開宣戰的敵國子民，竟然還幫助他們、慰勉他們，甚至款待他們。

第三條：巨人違反了忠臣的本分，僅是取得皇帝陛下的口諭，就準備前往布列夫斯卡帝國。他以取得此允諾為藉口，其實存心不良，真正目的是為了前去援助、安慰、教唆布列夫斯卡皇帝。然而，如同前面所說的，該國近日與我國為敵，甚至公然向陛下宣戰。

…………

…………

…………

「另外還有其他條文，不過這幾條是最重要的，我已經把重點都唸給你聽了。

在這宗彈劾案的幾次辯論中，不容懷疑的，皇帝多次表現出寬大慈悲的態度，不止一次強調你為他立下的功績，企圖減輕你的罪行。但是財政大臣和海軍上將卻堅持用最痛苦的方式、最不名譽的罪行將你處死，他們要在夜裡放火燒你的房子，並由林托克將軍率兩萬名士兵用毒箭射你的臉和手。他們還私下命令你的幾個僕人將毒汁灑在你的襯衫上，很快地你就會把自己的皮肉扯爛，極端痛苦地死去。將軍也贊成這些意見，所以有很長一段時間，大多數人都是與你對立的。不過皇帝決定盡可能地保全你的性命，最後取得了內侍大臣的支持。

關於這件事，皇帝還徵詢了內務大臣瑞爾德索的意見，大家都公認他是你的忠實朋友。而從他說的那番話看來，你對他印象不錯也是有道理的。他承認你罪行重大，但是尚有可以寬恕之處，而寬恕是一個皇帝最值得稱頌的美德，吾王陛下也正以此美名而馳名天下。他說，大家都知道你和他是朋友，或許大部分的閣員會認為他偏袒你，不過為了遵從皇帝的命令，他也願意把自己的看法坦白地說出來。皇帝如果能體念你所立下的功績，慈悲為懷，一定可以保住你的性命。

這個建議遭到全體閣員強烈反對，海軍上將博格蘭姆甚至控制不住情緒，怒沖沖地站起來說，他不明白內務大臣怎麼膽敢主張要保全一個叛徒的性命。他認為，從國家的立場來考量，你所立下的那些功勞其實也等於加重了你的罪行，既然你能把敵艦拖來，同樣的，一旦你不高興，也可以把敵艦再送回去。

財政大臣也抱持相同的看法。他指出，為了負擔你的生活，皇帝的稅收已經大大縮減，很快就沒有辦法再供養你了。他們秉著良知確信你有罪，那麼這就足以判你死刑，並不需要嚴守法律提出正式證據。

但是皇帝陛下堅決反對死刑。這時你的朋友內務大臣謙遜地要求再次發言，他說，既然財政大臣能全權處理國家的稅收，應該也可以漸漸減少你的飲食，一旦你沒有足夠的食物，就會變得虛弱或昏厥過去，也會變得沒有食慾，結果不出幾個月就會被餓死。屆時，你的體重只剩下一半，屍體發出的惡臭也不會造成太大的危害。你一死，五六千個百姓兩三天內就可以把你的肉從骨頭上割下來，用貨車運到遠處埋掉，以防傳染病發生，只留下你的骸骨當作紀念，供後代子孫瞻仰。

因此，由於內務大臣與你的深厚友誼，整個事件才得以有折衷的解決方法。除了海軍上將博格蘭姆之外，所有閣員一致同意這個方法。皇帝嚴令，逐步將你餓死的計畫必須秘密進行，不過刺瞎你雙眼的判決卻寫在彈劾書中。

三天後，你的朋友內務大臣就會奉命前來，當面宣讀彈劾書，同時表明皇帝以及閣員們有多麼的寬大與仁慈，因此你才會只被判處弄瞎眼睛。皇帝相信你會心存感激地接受這個判決，到時候，二十名御用外科醫生將會前來監督，確保手術順利進行。他們會讓你躺在地上，然後用十分銳利的箭射入你的眼球。要採取什麼應對方法，你自己審慎考慮吧。為了不引起懷疑，我得立刻像剛才來的時候那樣秘密地回去。」

這位大人走了，只留下我一個人，心中充滿了困惑。

坦白說，由於我的出身和所受的教育，我從來都沒有想過要當官。雖然我不擅於判斷事理，但我實在看不出來這個判決有任何寬大和恩典可言。有些時候，我無法否認彈劾書上的那幾條指控，但還是希望他們能減輕我的刑罰，我也曾經閱讀過許多由國家提出起訴的審判案件，發覺最後都是法官自以為是的結案。在這關鍵時刻，面對如此有權勢的敵人，我恐怕不能相信這麼一個危險的決定。我一度想極力反抗，由於我現在還是自由的，因此就算用上整個帝國的力量也很難將我制服，我只要用一些石頭就可以輕易地把首府砸毀。但是一想到我曾經對皇帝宣誓，想起他賜予我的恩典以及「那達克」的封號，就又立刻打消這個念頭。但我也沒有這麼快就學會朝臣們那種報恩的辦法，於是安慰自己說，既然現在皇帝對我如此殘酷，一切應盡的義務也就免除了。

為了保全雙眼和自由，我顧不得那麼多了。因為皇帝曾經准許我前去拜謁布列夫斯卡皇帝，我利用這個機會，趁三天期限還沒到來之前，寫了一封信給我的朋友內務大臣，告訴他我決定次日早晨就動身前往布列夫斯卡。還沒等他回覆，我就到了艦隊停泊的海邊，我抓起一艘大戰艦，在船首綁了一根纜繩，拔起船錨，脫掉衣服，把衣服連同夾在腋下的被子一起放入船裡，然後拉著船，半涉水半游泳地來到了布列夫斯卡的皇家港口。當地的人民早已期待我的到來，他們派了兩名嚮導帶我前往首都，該國首都也叫布列夫斯卡。我把這兩人拿在手裡，一直走到離城門不及兩百碼的地方，我請他們去通報一位大臣說，讓他知道我在這裡等候皇帝的命令。

大約過了一個小時，我得到的回應是，皇帝已經帶著皇室和大臣們出來迎接了，於是我又往前走了一百碼，皇帝和隨扈們從馬上下來，皇后和貴婦們也都下了車，我看不出他們有任何害怕或不安的樣子。我臥在地上親吻皇帝和皇后的手，告訴皇帝我得到了小人國皇帝的許可，因此如約前來拜見他這位偉大的君主，我心中感到萬分榮幸，並且表明願意竭力為他效勞。但是，關於我在小人國受辱的事則隻字未提，因為我到那時為止仍未接到正式通知，所以可以裝作完全不知道這件事。我不在他的勢力範圍內，所以我想小人國的皇帝也不可能公開那件密謀，然而我錯了。

第八章　啟程返家

到達後三天，由於好奇心的驅使，我來到了這座島的東北海岸。在離海岸大約半里格的海面上，我發現了一樣東西，看起來像是一艘翻覆的船隻。我脫下鞋子和襪子，涉水走了兩、三百碼，只見那東西被潮水沖得更近，已經可以清楚地看見確實是一艘小船，我想大概是被暴風雨從大船上吹落下來的。於是我立刻回到城裡，請求皇帝把上次艦隊損傷後剩下的二十艘最大的軍艦借給我，並請海軍中將率領三千名水兵前來協助。艦隊繞道而行，我則抄近路回到原先發現小船的海邊，此時潮水把小船推得離岸邊更近了。水兵們都攜帶著我事先搓綁緊實的繩索，軍艦抵達的時候，我脫掉衣服，涉水走到離小船不到一百碼的地方，然後游到小船邊。水兵們將繩索的一端丟給我，我將繩索繫在小船前面的洞孔裡，再把另一端綁在一艘軍艦上，可是我發現這麼做沒什麼用，因為我的腳踩不到水底，沒辦法工作。我只好游到小船後面，用一隻手盡可能地把小船往前推，順著潮水的力量，我一直往前進，直到雙腳可以探著水底，下巴也剛好可以露出水面。休息兩、三分鐘後，我又推行了一陣子，一直把船推到海深只及腋下的地方，最吃力的工作已經完成，我又拿出放在一艘軍艦上的另外一些繩索，將一端繫著小船，另一端繫在伴隨我的九艘軍艦上。這時正值順風，水兵們在前面拉，我在後面推，一直前進到離岸不到四十碼的地方。等潮水退後，我把小船拉出水中，在兩千名水兵的繩索和機器協助下，我將它底朝天地翻了過來，這時發現小船只有輕微損傷。

我花了十天功夫做了幾把槳，才把小船划進了布列夫斯卡皇家港口。入港的時候，只見人山人海，群眾看見這麼龐大的一艘船全都驚嘆不已。我對皇帝說，上天賜給我這艘船真是太幸運了，它可以載我到其他地方，也許可以從那裡返回祖國。因此我請求皇帝提供修船的材料，並且准許我離境。他好心地勸說了一番，後來仍答應了我的請求。

這段期間我一直覺得很納悶，為什麼沒聽說小人國皇帝告知布列夫斯卡朝廷關於我的事。後來有人私下告訴我，原來小人國皇帝根本沒想到計畫已經曝光，還以為我只是履約前來布列夫斯卡，等朝見儀式結束，過幾天我就會回去。然而過了這麼久我都沒回去，他終於開始苦惱起來，和財政大臣以及那幫密謀者商量之後，派遣了一名特使帶著那份彈劾書前來，向布列夫斯卡皇帝傳達他只判了我「刺瞎雙眼」一罪的寬大與仁慈，而我卻逃脫正義的制裁，若兩小時內我仍不返回，就要取消我「那達克」的封號，並宣布我為叛國犯。那位特使還說，為了維持兩帝國間的和平友好，他的君王希望布列夫斯卡皇兄下令將我的手腳綁好送回小人國，以叛國罪懲治。

布列夫斯卡皇帝和大臣們商議了三天後，回以一封充滿禮儀和託辭的信函。他說，小人國皇帝應該知道，要把我捆綁起來送回去是不可能的，雖然我曾經奪走布列夫斯卡的艦隊，但議和時我也幫了不少忙，他對我是非常感激的。然而兩國君王很快就可以寬心了，因為我在海邊發現了一艘巨船，已經準備出航，而且他已下令在我的指導和幫助下修復這艘船，希望再過幾個星期，兩國就可以擺脫這個無法負荷的累贅。

特使帶著答覆返回小人國。布列夫斯卡皇帝把事情的經過全都告訴我，同時表示，如果我願意繼續為他效勞，他會盡力保護我。

雖然相信他的真誠，但是我已下定決心，盡可能避免和帝王或大臣推心置腹，因此我對他的好意表示感謝，同時謙卑地請求原諒。我說，既然命運賜給我一艘船，不論是吉是凶，我都決心冒險出航，不願兩位偉大的君主因我而爭鬥。我覺得皇帝並沒有因為這番話而生氣，後來我還意外發現，他和多數大臣們都很高興這樣的決定。

大約一個月後，一切都準備好了，我便派人向皇帝請示告別。皇帝帶著皇室成員出了宮，我趴在地上，皇帝親切地伸出手讓我親吻，皇后和王子也讓我行了吻手禮。皇帝賜我五十個各裝有兩百個「斯普魯格」的錢袋，還送了一幅他的全身畫像，我立即把畫像放進一隻手套裡以免損毀。

我在船上放了宰好的一百頭牛和三百隻羊，相當數量的麵包和飲料，以及四百名廚師盡可能烹調好的熟肉。我又帶了六頭活母牛和兩頭活公牛以及同樣數量的活母羊和活公羊，打算回祖國繁殖，再加上一大捆乾草和一袋玉米，以便在船上餵牠們。雖然我很想帶走十幾個當地人，可是皇帝堅決反對；他除了仔細搜查每個口袋之外，還要我以名譽保證，即使他的臣民願意，也不能帶走任何一個人。

我盡可能地把一切都準備好，清晨六點，船起航了。我向北行駛了約十二英里遠，那時正刮著東南風，西北方約一英里半遠的地方有一座小島，我往前駛去，在小島的背風面下錨，看來似乎是座無人島。我吃了些東西後便陷入沉睡，在太陽升起前吃過早餐，然後就起錨了。第二天下午三點左右，我估算距離布列夫斯卡已很遙遠了，我朝著正東方行駛，這時忽然發現一艘帆船正朝東南方開去，我大聲呼叫，但是沒有人回應，不過由於風勢轉弱，我才能漸漸靠近那艘船。我開始全速前進，半個小時過後，那艘船上的人才終於發現我，於是掛起了一面旗幟並且鳴放了一槍。萬萬沒想到我還有機會再次見到親愛的祖國和留在那裡的親人，我內心的喜悅實在難以形容！

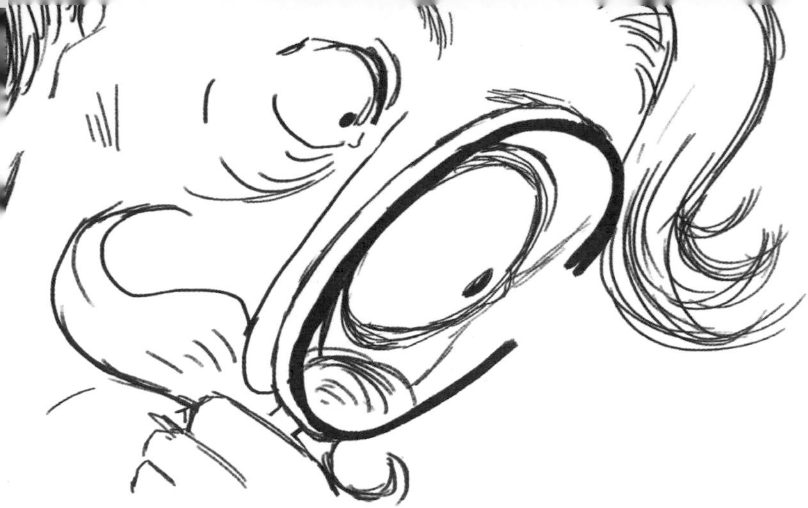

巨人國遊記

第一章 誤闖巨人國

返家才兩個月我又再次啟程離開。卻因為遇上了許多問題，而在海上迷失了方向，連船上最有經驗的水手也無法判斷我們的位置。

有一天，我們清楚地看到一座大島，陸地南岸有個小半島延伸進入海中，還有一個小港灣。我們在離港灣不到幾英里的地方下錨，船長派出十幾名裝備齊全的水手，帶著各種容器坐上長舢板去找水，我與他們同行。

上岸之後，並沒發現任何河流或泉水，也沒有人類居住的跡象，水手們沿著岸邊來回尋找飲水，我則獨自走往另一邊，放眼所見盡是岩石，是個不毛之地。我開始覺得無趣，便慢慢返回港灣，大海上一覽無遺，我看見同伴們已經搭上了舢板，拚命朝大船划去，我想要呼喊他們，但是一點用處也沒有，此時卻看到一個巨人飛快地走進海裡跟在他們後面。他邁著大步，水深還不及他的膝蓋，但是水手們比他領先了幾英里遠，海水裡又滿是鋒利的岩石，所以那怪物沒有追上小船。我趕緊轉身沿著原路狂奔，爬上一座陡峭的小山，發現四周都是耕地，令人驚訝的是，一片似乎保留作為乾草的田地裡，草的高度竟然超過二十呎。

我走上了一條大路，以為是一條大路，但那其實只是當地人穿越大麥田的小徑。我在路上走了一段時間，兩邊什麼也看不到，因為收割時節快到了，麥子至少有四十呎高。我走了大約一個小時才到麥田的盡頭，田的四周有一道至少一百二十呎高的籬笆圍著；樹木就更高聳了，無法估算它們的高度。這塊田與另一塊田間有一個階梯相通，階梯共有四級，每一級都有六呎高，爬到最高一級還得跨過一塊二十呎高的石頭，所以根本無法爬上去。我竭力在籬笆間尋找縫隙，因為我看見一個當地人從隔壁的田裡朝臺階走過來，這個人和剛才在海邊追趕小船的那個巨人一樣高大，有一般教堂尖塔那麼高，估計他跨一步約有十碼長。我驚恐萬分，連忙跑到麥田中

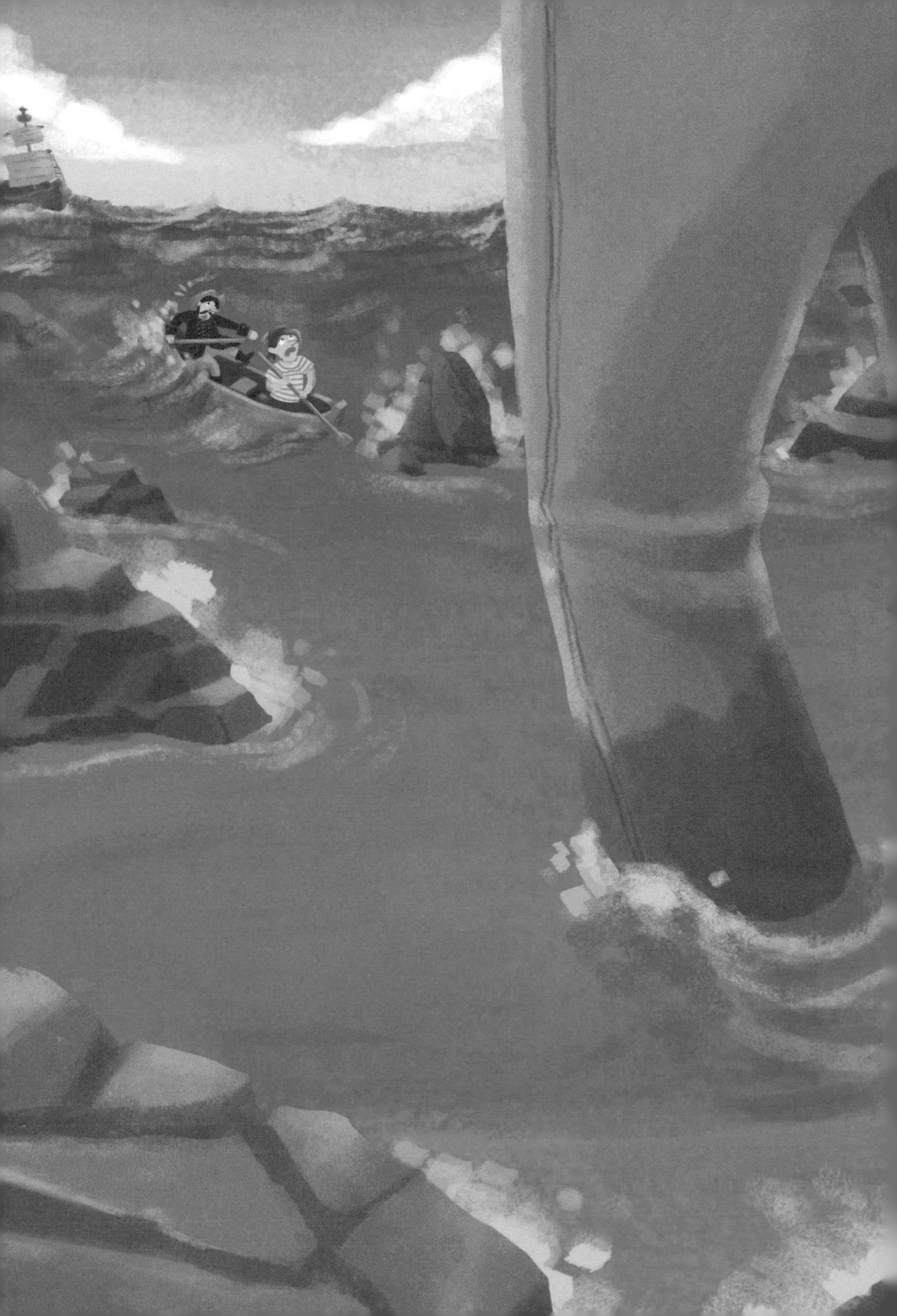

間躲起來，我看到他站在臺階頂端回頭望著右邊那塊田，又聽到他發出比擴音器還要響好幾倍的叫喊聲，起初我還以為是在打雷。他這一喊，就有七個和他一樣的怪物走過來，他們手裡拿著鐮刀，是我們長柄鐮刀的六倍大。裝束沒有第一個人的好，看起來像是佣人或雇工，因為他只說了幾句話，他們就來到我藏身的這塊麥田裡收割了。我盡可能地遠離他們，但是麥稈與麥稈之間有時相隔不到一呎，我很難擠過身子。不過，我還是盡力往前移動到一片被風雨吹倒的麥子裡，可是這裡的麥稈交纏在一起，我根本無法往前進，落在地上的麥芒又硬又尖，刺穿了我的衣服並且扎進肉裡。此時，我聽出割麥子的人已經在我身後不到一百碼的地方。

我精疲力竭，絕望透頂，於是躺在兩道田壟中間，心想自己就要命喪於此，留下孤苦無依的妻子和沒有父親的孩子，我懊悔自己的愚蠢、任性，不聽親友勸阻而執意二度出航。內心極度混亂不安，不由得想起了小人國，那裡的居民視我為奇蹟；在那裡，我可以單手拖動一支皇家艦隊，其他功績也將永遠在那個帝國流傳，也許後人會覺得難以置信，但有數百萬人可以作證。然而，現在的我顯得渺小無助，就像一個小人國的人處在我們當中一樣無足輕重，要是被其中一個巨人抓到，除了成為他口中的一小塊美食，我還能期望什麼？

我既害怕又困惑，無法克制腦海裡的這些念頭。這時，一個割麥人已經走到我躲藏的田壟附近，他只要再往前一步，我就會被踩死，或者被鐮刀砍成兩段。因此當他移動時，我嚇得尖聲驚叫，巨人忽然停住腳步，朝下方搜索了好一會兒，終於看到躺在地上的我。他遲疑了一下，就像捉住一隻危險小動物卻又怕被牠抓咬一樣小心翼翼。最後，他大膽地用五隻手指捏住我的腰，將我拿到他眼前三碼處看個清楚，我盡量保持冷靜，雖然他把我舉到離地六十呎的高空，並且緊捏著我的腰部，深怕我從他的指間滑落，但我決心不掙扎。唯一能做的就是抬眼望著太陽，雙手合攏擺出祈求的姿態，以卑微的語調說了幾句話，雖然還是擔心他會隨時把我摔到地上，就像我們平常把討厭的小動物弄死一樣。幸好，他似乎覺得我

的聲音和動作很有趣，把我當成珍奇之物，雖然完全聽不懂我的話，但是感到相當驚訝。此時他撩起上衣的下擺，把我輕輕地放在上面，然後立即帶著我跑向他的主人。他的主人是個富裕的農夫，也就是我在麥田裡最先看到的那個巨人。

農夫聽完僕人說的話後，拿起一根約有拐杖那麼粗的麥稈，挑起我上衣的下擺，把我的頭髮吹開，以便看清楚我的臉。他召喚所有雇工，問他們是否曾在田裡看過像我這樣的小動物。接著，他把我輕輕地放在地上。

農夫時而和我說話，聲音如雷貫耳，不過倒很清晰。我用幾種不同語言盡量大聲地回答，他也把耳朵湊到離我不及兩碼的地方，但是都白費力氣，因為我們完全聽不懂對方的話。之後，他差遣僕人們回去工作，自己則從口袋裡掏出一條手帕，摺起來鋪在左手心，再將手心朝上平放在地上，示意我走上去。他的手掌不到一呎厚，我很輕易地跨了上去，但是怕跌落下來，於是挺直身子躺在手帕上。為了確保安全，他用手帕四周多出來的部分裹住我的身體，只露出頭部，然後把我帶回家。他一到家就叫喚妻子前來，把我拿給她看，她嚇得放聲尖叫，轉頭跑開，跟英國婦女看到蟾蜍或蜘蛛的反應一樣。然而，當她觀察我一會兒，見我很聽從她丈夫的指示，就放下心來，態度也漸漸變得很親切。

中午十二點左右，僕人將午餐送了上來。一個直徑約二十四呎的盤子裡裝滿了肉，這是全部的菜餚，與農家簡樸的生活相稱。一起用餐的包括農夫和他的妻子、三個孩子以及一位老奶奶。他們就坐之後，農夫把我放在離他不遠的桌面上，桌子離地約有三十呎高，我盡量遠離桌子邊緣以免跌落。

農夫的妻子切下一小塊肉，又弄碎一點麵包，然後擺放在我面前。我對她深深一鞠躬，接著拿出自己的刀叉吃了起來，他們看了十分開心。女主人吩咐女僕拿來一只容量約三加侖的小酒杯，為我斟滿了酒；我十分吃力地用雙手捧起酒杯，極為恭敬地以英文高聲祝福女主人身體健康，所有人開懷大笑，我的耳朵幾乎要被震聾了。那酒嚐起來像蘋果酒，並不難喝，接著主人示意我走到他的餐盤旁。我因為飽受驚嚇而不小心絆到一塊麵包屑，所以直挺挺地撲倒在桌上，幸好沒有受傷。我立刻站了起來，發覺大家都一臉擔心，於是拿起帽子在頭頂上揮了揮，歡呼三聲，表示沒有跌傷。但是就在我走向主人的時候，坐在他旁邊的小兒子，一個十歲大的頑皮男孩，突然一把抓住我的雙腿，高高地舉到半空中，嚇得我全身顫抖。他的父親連忙從他手中把我搶回來，同時狠狠地賞了他左臉頰一記耳光，然後叫人把他帶離餐桌。我擔心這男孩會記仇，又想到孩子生性本來就愛捉弄麻雀、兔子、小貓和小狗等動物，於是我跪了下來，手指著男孩，盡可能地讓主人明白我希望他原諒他的兒子。主人答應了，小男孩才又回到座位上，我隨即走過去親吻他的手，我的主人也拉過男孩的手，讓他輕輕撫摸我。

用餐時，我聽到身後一陣吵雜聲，像是十幾架織襪機轉動的聲音，轉頭一看，發現原來是一隻比母牛還大上三倍的貓，因為女主人的餵食和撫摸而發出呼嚕聲。我遠遠地站在桌子的另一邊，與貓相距五十多呎，女主人也緊緊地抱住牠，以防牠跳過來用爪子傷害我，但那動物兇猛的容貌仍使我感到不安。根據我的經驗以及人家常告誡的，當著猛獸面前逃跑或顯露恐懼，必定會招來追逐或攻擊。因此，在這危險關頭，我要裝得若無其事，放大膽子在那隻貓面前晃了五、六回，甚至走到離牠不到半碼遠的地方，但是牠好像更怕我似的，把身子縮了回去。這時，三、四隻狗進了屋子，這在農家是常見的事，其中一隻是獒犬，身體有四頭大象那麼大，還有一隻是獵犬，比獒犬更高一些，但是沒牠那麼龐大。

午餐快吃完的時候，保姆抱著一個一歲大的嬰兒走了進來。嬰兒一看到我就想拿來當玩具，於是大聲啼哭起來。女主人寵愛孩子，就把我拿到小孩面前，他立刻將我攔腰抓住，想把我的頭往嘴裡塞，我大吼一聲，嚇得那小鬼鬆手扔了我。要不是他母親張開圍裙接住我，一定早就跌死了。保姆為了哄孩子，趕緊耍起撥浪鼓，那是繫在嬰兒腰間一個裝滿石頭的容器，但是一點作用也沒有，她只好使出最後一招——讓孩子吃奶。

午餐後，主人前往麥田監督雇工之前，我從他的聲音和手勢可以看出，他一再囑咐妻子要好好照顧我。女主人看出我很累、想睡覺了，就把我放到了她自己的床上，用一條乾淨的白色手帕蓋住我，但那手帕比戰艦上的主帆還要大而且粗糙。

我睡醒之後，發現自己孤零零地置身在一個約莫兩三百呎寬、兩百多呎高的巨大房間裡，躺在一張二十碼寬的床上。女主人忙於家務，所以把我一個人鎖在房裡，因為生理上的需要，我不得不下床，但是這張床離地面有八碼高。這時，兩隻老鼠沿著帷幔爬了上來，在床上東聞西嗅，其中一隻差點跑到我臉上，嚇得我趕緊跳起來，立刻拔出短劍自衛。其中一隻的前爪抓住了我的衣領，幸好在牠傷害我之前，我就劃破牠的肚皮；另一隻見狀後立刻拔腿就跑，但是我在牠的背上留下一道大傷口，鮮血直流。

不久之後，女主人來到了房間，看見我渾身是血，趕緊跑過來把我拿到手中。我指著老鼠的屍體露出笑容，並且作手勢讓她知道我沒有受傷。她喊來女僕用鉗子夾起老鼠屍體扔到窗外，然後把我放到桌子上，我舉起沾滿血跡的短劍給她看，又用上衣的下擺把劍擦乾淨再放回劍鞘。經過這場打鬥，我的內急尚未解決，因此請她把我放到地上。站到地上之後，我害羞地指指門，並向她連連鞠躬。這個好心的女人終於明白我的意思了，於是用手拿起我走進花園，把我放到地上，我急忙躲在兩片樹葉之間解決了生理需求。

第二章 巡迴演出

女主人有個九歲的女兒，是個聰明的小孩，擅於做針線活，也很會打扮她的洋娃娃。她和她母親設法把洋娃娃的搖籃整理一下，好讓我晚上有地方睡覺。搖籃放在櫃子的一個小抽屜裡，因為擔心老鼠侵擾，她們又把抽屜放在一個懸吊的架子上。與這家人住在一起的日子裡，這搖籃一直是我的床鋪；後來我開始學習他們的語言，讓他們明白我的需要，那張床也就漸漸變得更加舒適了。小女孩的手十分靈巧，她幫我做了七件襯衫和一些內衣，用的都是最精細的布料，不過仍然比我們的麻袋布還要粗；她還親手幫我洗這些衣物，同時也是我的語言老師，我每指一樣東西，她就用當地語言告訴我那東西的名稱。她幫我取名叫「格里瑞格」，全家人也都這麼稱呼我。這個名字的涵義就是「矮子」的意思，我能在那個國家活下來得歸功於她。那段時間裡，我們幾乎形影不離，我稱她為我的「格蘭達莉琦」，也就是小保姆的意思。

附近的居民知道了我的消息，紛紛討論我的主人在田裡發現了一隻奇怪的動物，大小有如「斯普拉克那克」，模樣卻像極了人類，還能模仿人類的動作；牠用兩條腿直立行走，性情溫順，叫牠來就來，叫牠做什麼就做什麼，四肢纖細，膚色比貴族的三歲女孩還要白皙。住在附近的另一個農夫，他是主人的一位好朋友，特地前來探究事情的真相。主人立即把我放到桌上，我依照他的命令在桌上走動，抽出短劍再放回劍鞘，並且向主人的賓客鞠躬致敬，用小保姆教我的當地語言問候他，歡迎他的到來。這個人是個守財奴，他建議主人把我帶到離家約二十二英里、騎馬半個鐘頭才會到的市集去展示。他和主人竊竊私語了老半天，有時還指指點點。

第二天早晨，我的小保姆格蘭達莉琦就把整件事情告訴了我。可憐的小女孩把我抱在懷裡，羞愧難過地哭了起來，她擔心我被那些粗鄙的人拿在手裡時，會被捏死或者弄斷手腳，或是受到其他傷害。她認為我謙遜善良，現在為了錢把我展示給那些卑鄙的人賞玩，這是多麼羞恥啊。她說，爸爸媽媽已經答應把「格里瑞格」給她，但是現在他們又像去年那樣欺騙了她，那時他們假裝給她一隻小羊，但是一等到羊長得肥壯，他們就把牠賣給了肉販。不過老實說，我一直抱持著強烈的希望，認為總有一天會重獲自由。

我的主人在下一個趕集的日子，把我裝進一個盒子裡，帶著他的女兒，也就是我的小保姆，一起前往鄰近的市鎮。盒子各面都封起來，只留一扇供我進出的小門，還有幾個讓空氣流通的洞孔。小女孩很細心，她把洋娃娃床上的被褥放進盒子，讓我可以躺臥，雖然只有半小時路程，我卻被晃盪得非常不舒服，因為那匹馬跨出一步就有四十呎，而且起伏很大，有如船隻置身暴風雨中，只不過顛簸得更為頻繁。主人在一家他常光顧的客棧前下馬，跟客棧主人商量片刻，又做了些必要的準備，接著雇用了一名宣傳員通知全鎮民眾，「綠鷹客棧」將要展示一頭怪物，身長不及六呎，人類的模樣，會說幾句話，能耍上百種有趣的把戲。

我被放到客棧裡最大房間的一張桌子上，桌面約三百平方呎。我的小保姆站在桌子旁的一張矮凳上照顧我。主人每次只讓三十個人進來觀賞以免太過擁擠。我依照小保姆的指令在桌子上走動，問問題時，她還特地配合我的語言程度，因此我也盡量大聲回答。我多次轉身向觀眾敬禮、致謝歡迎，還說了些其他的話。格蘭達莉琦給我一個頂針大小的容器當作酒杯，讓我舉杯祝賀觀眾身體健康；

我拔出短劍，以英國劍術家的姿態舞弄了一番；小保姆又給我一段麥稈，我把它當作長槍耍了一陣，好在這項技藝我年輕時曾經學過。

那天一共表演了十二場，被迫重複那些把戲，使得我又疲累又苦惱。看過表演的人都嘖嘖稱奇，所以外頭的人都想衝進門來觀賞，主人為了自身的利益，規定除了小保姆外不准任何人碰我，並使觀眾的長凳與桌子四周保持一段距離，以防我被觀眾碰到而發生意外。然而，還是有一個頑皮的男學生用一個榛果對準我的頭扔了過來，害我差點被擊中。那榛果像一顆小南瓜那麼大，而且來勢兇猛，要是被擊中一定當場腦漿迸裂。因此我很高興看到那小流氓被

痛打一頓並被趕出門去。

我的主人當眾宣布，下個市集的日子會再帶我來表演；同時，他也為我準備了一輛較為舒適的車子。然而，即使在家中也無法休息，因為方圓百里內的居民聽聞消息後，都紛紛攜家帶眷前來主人家看我。在這裡，一個家庭的總人口數不會少於三十人，每次主人讓我表演時，即使是給一家人看，也要求按照滿屋子的人數收費。所以，即使沒被帶到鎮上演出，一星期除了星期三的安息日之外，每天都不得休息。

主人發現我能為他賺進大把鈔票，就決定帶我到全國各大城市演出。他準備好長途旅行所必需的東西，並且打點好家中事務後，向妻子告別，動身前往離家約三千英里的首都。主人讓女兒坐在他身後的馬背上，她把裝著我的盒子綁在腰間放在大腿上，並在盒子四周襯上最柔軟的布料，於底部鋪上被褥，並把洋娃娃的床放在裡面，又為我準備了些內衣和其他必需品，盡可能讓我覺得舒適。除了我們三人，還有一個男僕同行，他騎馬跟在後面看顧行李。

我們一路輕鬆前進，一天的路程不超過一百六十英里，因為格蘭達莉琦疼惜我，故意抱怨說馬快步疾走會使她很疲憊。她時常順從我的要求，把我從箱子裡拿出來呼吸新鮮空氣，欣賞鄉村風光。我們渡過了五、六條河，每條都比尼羅河或恆河更寬更深。我們走了十個星期，在許多村莊、私宅，還有十八個大城市表演過。

後來抵達首都「羅布魯格魯德」，意思是「宇宙的驕傲」。主人在離皇宮不遠的城內大街上找了住處，一如往常發出傳單，上面詳細地描述了我的外貌和才能。他租了一間三、四百呎寬的大房間，裡面擺了一張直徑六十呎的桌子作為我的表演舞臺，並在離桌緣三呎的地方圍了一圈三呎高的護欄以防止我跌下去。我一天演出十場，所有觀眾都驚嘆不已，我已經可以把當地語言說得不錯，也能完全理解他們的問話。此外，我還學會了他們的字母，偶爾還能解釋幾個句子。因為，不論在家裡或旅途中空閒的時候，格蘭達莉琦都是我的老師，教我字母、講解詞義。

第三章　獲得皇后的寵愛

由於每天頻繁地演出，幾個星期下來我的健康起了很大的變化。主人賺的錢越多，就越貪得無厭。我沒有胃口吃東西，幾乎瘦得只剩下一把骨頭了。主人發現這個情形，想盡快從我身上多撈一筆。這時宮廷派了一位傳令官前來，命令他立刻帶我進宮，為皇后和貴婦們表演取樂。有幾位貴婦已經把我的容貌、舉止和智慧等奇妙的事情報告給皇后。皇后和隨侍一旁的人對我的行為舉止非常欣喜，我跪下請求皇后恩准我親吻她的腳，但是被放到一張桌上後，仁慈的皇后卻把她的小指伸到我的面前，我雙臂環抱住，畢恭畢敬地在她的指尖上親吻了一下。

皇后問了幾個問題，我盡量清楚簡要地回答。她還問我是否願意住進宮中，我深深鞠躬至桌面，謙遜地回答說，若能自己做主，我願意終身為皇后效勞並引以為榮。她隨即問我的主人願不願意將我高價出售，主人認定我活不過一個月，早就想脫手了，於是他開價一千個金幣，當場成交。隨後我對皇后說，既然現在是皇后陛下最卑微的奴僕了，希望陛下開恩，讓一直細心照料我的格蘭達莉琦也留下來為陛下效勞，同時讓她繼續做我的保姆和老師。皇后答應了我的請求，並且輕易地取得農夫的同意。對於女兒能留在宮中，他當然很高興，女孩也難掩喜悅之情。

皇后把我拿在手中，帶我到皇帝那兒。皇帝神情莊重嚴肅，他一開始沒看清楚我的樣子，只是冷淡地問皇后什麼時候喜歡上「斯普拉克那克」了，機智幽默的皇后把我輕輕放在桌上，令我向皇帝自我介紹。我簡要地說明了幾句；一刻也離不開我的格蘭達莉琦正站在門口，這時她也被叫了進來，證實我到她父親家之後的全部經歷。

皇帝博學多聞，研究過哲學，對於數學尤其感興趣；儘管如此，在我尚未開口說話之前，他看到我的樣子，又見我站直身子走路，以為我大概是哪位天才工匠設計的發條機械，在這個國家，這類機械製造技術已非常完善。不過當他聽到我說話，並且說得有條有理時，不禁大感驚訝。我向他陳述自己來到這個王國的經過，但是他不相信，認為這是格蘭達莉琦和她父親串通編造的故事，他們教我這套說詞，以便把我賣個好價錢。又問了我其他幾個問題，可是我說話除了帶有外國口音，還夾雜著一些與宮廷文雅風格不相稱的鄉下土話，並沒有什麼破綻。

皇帝召來了三位當週值班的大學者，這幾位先生仔細地看過我的模樣之後，各有不同的見解，但是他們一致認為，我不可能是自然法則下誕生的產物，因為我沒有自衛的能力：不僅行動不敏捷、不會爬樹，也不會挖地洞。他們對我的牙齒進行精密的檢視之後，

認為我是肉食性動物，但是和大多數四足動物相比，我根本敵不過牠們，即使是田鼠也比我來得靈敏，他們無法想像我該如何維生，除非餵我吃蝸牛或其他昆蟲；不過他們又提出了許多論據，證明我不可能吃那些東西。其中一位學者認為我可能是個胚胎或早產兒，不過這個看法立即遭到另外兩位學者的反駁，因為他們看到我的四肢發育健

全，並且透過放大鏡清楚看見我的鬍子，表示我已經有些年歲。他們也不認為我是侏儒，因為我實在小得無人可比，即使是皇后寵愛的一名侏儒，他是全國最矮小的人，也都還有三十呎高。經過一番激辯，他們最後做出一致的結論，認為我只是「瑞爾普倫・斯開爾卡斯」，字面意思就是「造物者的玩笑」。

皇帝要皇后下令特別照顧我，並表示格蘭達莉琦應留下來，因為他看出我們倆的感情非常好。皇后為她準備了一間舒適的房間，有一名女教師負責她的教育，一名宮女為她更衣梳妝，還有兩名僕人幫她做些粗活，但是照顧我的事則全部由她負責。

皇后命令她的細木工依照我和格蘭達莉琦喜歡的樣式，設計一個箱子作為我的臥房。那名巧匠是個能手，經由我的指示，他在三個星期內就做了一間十六呎平方、十二呎高的木造房間，有幾扇窗戶，一扇門，還有兩個櫥櫃，就像一般倫敦的臥室。天花板上有兩個鉸鏈，所以可以上下開合，皇后的裝潢師為我設計的床就是從上面放進去的。格蘭達莉琦每天親手把床拿出來透氣，晚上再放回去，並為我把屋頂鎖上。一位以製造袖珍物品出名的工匠用類似象牙的材料，幫我做了兩張有靠背和扶手的椅子、兩張桌子和一個可以放東西的櫃子。房間的四壁、地板和天花板都鋪上了襯墊，以防搬運我的人不小心而發生事故，而且在我乘馬車時也可減緩顛簸。我要求他們在門上加一道鎖，以防老鼠跑進來，為此鐵匠試了好多次，才打造出一把他們從未見過的小鎖。我設法把鑰匙留在自己口袋裡，因為我擔心格蘭達莉琦會把它弄丟。皇后又下令拿最細的絲綢為我縫製衣服，雖然那絲綢沒比英國的毛毯厚多少，卻十分笨重，我穿了好一陣子才習慣。那些衣服是照該國樣式做的，有點像波斯服，也有點像中國服，顯得相當體面大方。

皇后很喜歡我陪伴她，少了我就無法用餐。她在餐桌上靠近左手肘的地方，特地為我擺了一張桌子和椅子，格蘭達莉琦便站在一張凳子上，緊挨著我的桌子協助照料。我有一整套銀製餐具，和皇后的比較起來，就好像我在倫敦玩具店內看到的洋娃娃房裡擺設的餐具一樣。我的小保姆把這套餐具放在她口袋裡的一個銀盒裡，要用餐時才拿出來，而且總是親手清洗乾淨。和皇后一起用餐的只有兩位公主，大公主十六歲，小公主十三歲零一個月。皇后習慣把一小塊肉放到我的盤子裡，讓我自己切著吃，把看我小口小口吃東西的模樣當成一種娛樂，因為皇后一口吃下的東西，是十二個英國農夫一餐的分量，有一段時間我看了都覺得噁心。她可以把一隻雲雀的翅膀連骨帶肉一口咬得粉碎，而那翅膀有九隻火雞那麼大；她往嘴裡送進一小片麵包，但那也有兩條價格十二便士的麵包那麼大；她用金杯飲酒，一口可以喝掉一大桶量那麼多；她的餐刀有兩把長柄鐮刀那麼長，湯匙、叉子和其他餐具也是同樣比例的大小。記得有一次，我因為好奇而讓格蘭達莉琦帶我去宮裡看其他人用餐的情形，十幾把像這樣巨大的刀叉同時舉起，心想那是我從未見過的恐怖景象。

每逢星期三安息日，皇帝、皇后依照慣例和王子、公主要在陛下的內宮裡一起用餐。如今我已是皇帝寵愛的人物了，每到這時候，我的小桌椅就會被擺放到他左手邊的一瓶鹽罐前面。這位君王很喜歡和我交談，詢問我一些關於歐洲的風俗習慣、宗教、法律、政府和學術之事，我也盡我所能地答覆。他的理解力敏銳，判斷精確，對我所說的話總有睿智的反應與意見。不過我得承認，每當我談起摯愛的祖國，說起貿易、戰爭、宗教和政黨，我便開始滔滔不絕。因為所受教育而懷有成見的皇帝，忍不住用右手把我舉起來，並用另一手輕輕撫摸我，一陣大笑。然後，他轉頭對隨侍在後的首相說，人類的尊嚴竟如此微不足道，像我這麼小的昆蟲都能模仿。氣得我臉色一陣青一陣白。

幾個月下來，我已經看慣了他們的外表，聽慣了他們的談話，每一件事物看起來都等比例的碩大，當初因他們的身軀和面孔所感到的恐懼已逐漸消失。如果我那時看見一群英國貴族男女穿著華服，在那裡裝模作樣，趾高氣揚，空談閒聊，老實說，我也很可能像這位皇帝和他的大臣一樣，大聲嘲笑他們。事實上，皇后經常把我拿在手裡站在鏡子前，這時候我也忍不住要笑自己，因為再沒有比這幅對照畫面更滑稽的了，因此我不禁開始幻想自己的身材比原來縮小了好幾倍。

最令我感到氣憤和屈辱的，莫過於皇后寵愛的侏儒了。他是該國有史以來身高最矮的人，可是自從看見我比他矮了許多，開始變得傲慢無禮。每當我站在皇后前廳的桌子上和宮裡的爵爺貴婦們談話時，他總喜歡擺出高傲的姿態故意從旁邊走過，假裝自己很高大，並且說幾句譏諷我矮小的話。這時候我只能叫他一聲兄弟，向他挑戰摔角，或說些挑釁的話作為報復，這在宮廷男侍之間很常見。一天，晚餐的時候，這個惡毒的小子被我說的話給惹火了，竟然站到皇后座椅的扶手上，一把將我攔腰抓起，扔進一個裝有奶油的大銀碗裡，然後拔腿就跑。我整個人掉進碗裡，幸好我是個游泳

健將，否則不知要吃多少苦頭。格蘭達莉琦那時正好在房間另一頭，皇后則嚇得不知如何救我。最後還是我的小保姆飛奔過來把我救起，但是我已經吃下超過一夸脫的奶油，我被送到了床上，除了損壞一套衣服，倒沒有受傷。侏儒被痛打了一頓，並且被罰吃下那一大碗奶油；不久之後皇后就把他送給一名貴婦。我很高興再也不會見到他。

在這之前，他也曾以下流的伎倆對付過我，雖然引得皇后哈哈大笑，但也令她非常生氣，要不是我寬宏大量替他求情，他早就被趕出宮了。那次是皇后拿起盤子裡的一根髓骨，挖出骨髓後，又把骨頭立在盤子裡；此時格蘭達莉琦正好走到餐具櫃邊，侏儒見機不可失，便悄悄登上她專門照顧我所站的腳凳，雙手將我捧起，併攏我的兩腿，隨即猛地往骨頭裡塞，一直塞到我的腰際。我困在裡面好一陣子，樣子十分滑稽好笑。因為我覺得大呼小叫有失身分，所以大約一分鐘之後才有人發現我出了事。幸好御膳少有熱的肉食，我的腿並沒有因此燙傷，只是襪子和褲子被弄得一團糟。侏儒因為有我替他求情，只有被痛打了一頓。

第四章 遊歷巨人國

這個王國是個半島，東北邊境是三十英里高的山脈，山頂有火山，因此完全無法通行，即使最博學的人也不知道山的另一頭住著什麼人，或者究竟有沒有人住。王國的另外三面環海，但卻一個海港也沒有，因為河川出海的沿岸布滿尖銳的岩石，而且海上波濤洶湧，根本沒有人敢冒險駕船出海，所以這裡的人沒有跟任何國家有商業往來。不過大河裡到處是船隻，這裡盛產鮮美的魚，因此幾乎不用到海裡捕魚，因為海魚的大小和歐洲的一樣，並不值得捕捉。

由此可見，這塊大陸得天獨厚，自然界的動植物才會長得如此碩大。他們偶爾會抓到撞上岩石的鯨魚，並且大快朵頤一番。

皇宮是占地方圓約七英里的建築群，主要宮殿一般約兩百四十呎高，長和寬也都與之相稱。皇帝賜給格蘭達莉琦和我一輛馬車，她的女教師經常帶她和待在箱子裡的我到城裡逛逛或到商店購物，不過，格蘭達莉琦經常順應我的要求，把我從箱子裡拿出來放在手上，讓我更方便觀看沿途的房屋和路人。我估計這輛馬車有英國國會大廳那麼大，不過沒那麼高。

除了平常裝載我的那只大箱子外，皇后又下令同一位工匠為我做一個較小的箱子，方便旅行時使用，因為大箱子放在格蘭達莉琦的腿上稍大了些，放在馬車裡也嫌累贅。這個旅行用的小盒是正方形，三面的中央都各開有一扇窗戶，外邊再釘上鐵絲框，避免長途旅行時發生意外。第四面沒有窗戶，不過裝上了兩個堅固的鉤環，如果我想到馬背上，攜帶我的人可以用一條皮帶穿過鉤環把箱子扣在腰間。不論是陪同皇帝皇后出巡、遊賞花園，還是拜訪宮中達官貴婦，如果遇上格蘭達莉琦身體不適，就會把照料我的事交付給一些穩健可靠的僕人。旅途中，當我坐厭了馬車，騎馬的僕人就會把小箱子扣在腰間，放到他前面的墊子上，這樣我就可以從三面窗戶飽覽沿途的景色。我的小房間裡有一張床、一個吊床、兩把椅子和一張桌子，桌椅都用螺絲釘固定在地板上，以免被車馬的震動搖得東倒西歪。

每當我想到市區逛逛，也總是坐在這個旅行用的小箱子裡，由格蘭達莉琦抱著放在大腿上，乘坐一種由四人抬行的敞篷轎子，另有皇后的兩名侍從隨行。民眾時常聽聞我的事，總是好奇地湧到轎子四周，格蘭達莉琦則會客氣地請轎夫停下來，把我拿在手裡好讓大家更方便觀看。

御膳廚房是一座宏偉的建築，屋頂呈拱形，約有六百呎高，裡面的大烤爐比聖保羅教堂的圓頂約窄十步，這是我返回英國後特地去量的。不過，如果我把廚房裡的大爐、大鍋大壺、鐵叉上的大塊烤肉以及其他許多細節都寫出來，恐怕沒有人會相信，旅人經常都會被懷疑誇大不實。

皇帝馬廄裡飼養的馬，一般不會超過六百匹，每匹馬的高度大多在五十四吋到六十吋之間。皇帝逢重大節慶出巡時，為了顯示其皇威，總會出動五百名騎兵部隊護衛，在還沒看到皇帝的軍隊操演之前，真的以為那是我生平所見最壯觀的場面了。

第五章 驚險事蹟

格蘭達莉琦經常把我放在小箱子裡帶到御花園，有時會把我拿出來放在手上，或是到地上走一走。有一天，她把我放在一塊平整的草地上自己玩耍，忽然下起一陣猛烈的冰雹，我立刻被砸倒在地，冰雹殘酷地襲擊我的全身，就好像網球打在身上一樣，我設法爬到百里香花壇的背風面，臉朝下趴著躲在那裡，不過仍然渾身是傷，整整十天不能出門。這也沒什麼好驚訝的，因為這個國家的大自然事物都是等比例地巨大，一顆冰雹差不多是歐洲冰雹的一千八百倍大。

同樣在這座花園裡，我遇上了一件更危險的意外。有一次，小保姆把大箱子留在家裡，把我放到了一個她認為安全的地方之後，就和她的女教師以及幾個女性友人到花園的另一處去了，我經常要求她這麼做，好讓我獨自沉思。當她離開時，園丁總管養的一條白色小獵犬突然闖進花園，來到我躺著的地方，那隻狗循著氣味直奔而來，隨即將我叼在嘴裡，搖著尾巴跑回主人跟前，輕輕地把我放到地上。幸好牠受過良好的訓練，雖然把我銜在齒間，卻絲毫沒有傷到我，連衣服也沒有扯破，但是那可憐的園丁嚇壞了，他原本就認識我，而且對我很不錯，他用雙手將我輕輕地捧起，問我怎麼樣了；我則是驚魂未定，氣都喘不過來，一個字也說不出。幾分鐘後等我回過神，他才把我安全地送回小保姆身邊，這時，小保姆已經回到原先放置我的地方，正心急如焚，她把園丁狠狠地訓斥了一頓。

這件意外發生之後，格蘭達莉琦決心再也不讓我離開她的視線，我早就擔心她會這麼做，所以隱瞞了之前遇到的幾件小意外。有一次，一隻在花園上空盤旋的鳶鳥突然俯身朝我衝來，要不是我果斷地拔出短劍，並且跑到花棚下尋求掩護，牠一定會伸出爪子把我攫走。又有一次，我爬上一座新築起的鼴鼠丘頂，一不小心掉進了鼠洞裡，把衣服全弄髒了，我只好撒謊為自己找了個藉口；還有一次，我獨自走在路上，正想著可憐的英國，結果被一個蝸牛殼絆倒，把右脛骨給摔斷了。

獨自行走的時候，那些較小的鳥一點都不怕我，牠們會跳到離我不到一碼的範圍內尋找蟲子和其他食物，非常安閒自在，似乎無視於我的存在，真不知道應該覺得高興還是屈辱。記得有一回，一隻畫眉鳥竟然從我手中啄走格蘭達莉琦給我當早餐的一塊餅乾，當我想抓這些鳥時，牠們大膽地反抗，企圖啄我的手指，使我不敢靠近，然後又毫不在乎地跳回去繼續覓食。不過，有一天我拿了一根粗棍子，全力一揮正巧擊中一隻紅雀；我雙手抓緊牠的脖子，得意洋洋地提著牠跑向我的保姆。然而，那隻鳥一甦醒過來，就用翅膀不停地拍打我的頭和身子，儘管伸直了手臂使鳥爪搆不到我，但是鬆手放掉牠的念頭出現了二十次。幸好一個僕人及時趕來搭救，把紅雀的脖子給扭斷。皇后下令以那隻鳥做為我次日的晚餐，就我記憶所及，那隻紅雀似乎比英國的天鵝還要大。

皇后時常聽我談及航海的經歷，所以每當我心情鬱悶的時候，她總會想辦法為我解悶，問我能否操作船帆或船槳，划船運動是否有益我的健康。我回答說，這兩樣我都很擅長，雖然真正的職業是隨船醫生，但是如果遇到緊急狀況，我也得像普通水手一樣工作。皇后說，如果我能設計一艘船，她的木工就能製造出來，而且她會提供划船的場所。那名木工聰明靈巧，在我的指導下，十天內就造好了一艘足以乘載八個歐洲人的遊艇，而且船具齊備。船造好之後，皇后興高采烈地抱著它去見皇帝，皇帝下令把船放入一個蓄滿水的池子，讓我到船上試驗一下，但是池子太小了，我根本無法操作那兩把船槳。不過皇后早已備好另一個方案，她吩咐木工做了一個三百呎長、五十呎寬、八呎深的木質水槽，塗上瀝青以防漏水，放在皇宮外殿牆邊的地板上。靠近槽底處有一個活栓，可以讓久放汙濁的水排掉。兩個僕人不到半個小時就能將水槽灌滿水，我時常在這裡划船消遣，皇后和貴婦們也很欣賞我的划船技術和敏捷身手，並以此為樂。有時候我會揚起船帆，貴婦們會用扇子為我搧起陣陣強風，此時我只要專心掌舵就可以了，貴婦們如果累了，就由幾名男侍用嘴吹氣推帆前進，我則隨心所欲的展現駕船本領。

有一次，由於負責每隔三天為水槽換水的一名僕人太過粗心，沒有發現水桶裡有一隻大青蛙，竟然將牠倒進了水槽裡。我坐船下水之後，一直躲藏著的青蛙看見有個地方可以休息，便想爬上船來，使得船身嚴重傾斜，我不得不站到船的另一邊，用身體的重量保持平衡，以免船隻翻覆。青蛙上船之後，一跳就是半條船的距離，在我的頭頂上來回跳躍，噁心的黏液塗得我一身都是。牠那肥大的身軀，看起來真是所有動物中最畸形醜陋的，我單獨對付牠，用船槳狠狠地打了牠一頓，終於逼得牠跳出船外。

然而，我在這個王國所遭遇到最危險的事件，是由御膳廚房裡

一名人員飼養的猴子所引起的。格蘭達莉琦外出辦事或探訪某人時，會把我鎖在她的房間裡，當天天氣很暖和，房間的窗戶都敞開著，我住的那個大箱子的門窗也都敞開著。我靜靜地坐在桌前沉思，突然聽到有東西從房間的窗戶跳了進來，然後就在房裡跳來跳去。我十分驚慌害怕，沒有離開座椅，但還是壯著膽子向外看了一眼，接著，我看到了那隻淘氣的動物在那裡跳上跳下，最後來到了箱子前。牠似乎對這個箱子很好奇，從門口和每扇窗戶往裡頭張望，我退縮到箱子的角落，然而當那猴子從四面往裡頭瞧，驚慌失措的我竟忘了躲到床底下，這對我來說是很容易的事。那猴子又是張望，又是齜牙咧嘴，還發出吱吱的叫聲，一段時間後終於發現了我，牠從門口伸進一隻爪子，就像貓逗老鼠一樣捉弄我；儘管我一直閃躲，牠最後還是抓住了我的外套下擺，把我給拖了出去。牠用右前爪將我抓起，像保姆餵孩子吸奶般地抱著我，也和我在歐洲看到大猴抱小猴的情形一樣，只要一掙扎，牠就把我抱得更緊。我想牠把我當成是小猴子了，因為牠不時用另一隻爪子輕撫我的臉頰，這時候，房門突然傳來一陣聲響，好像是有人開門，牠立刻跳上原先進來的那扇窗戶，然後再跳上屋簷的滴水溝，用三隻腳走路，第四隻腳抱著我，一直爬到隔壁的屋頂上。

猴子抱著我往外逃的那一刻，我聽到格蘭達莉琪尖叫了一聲，那可憐的女孩幾乎要發狂了，而皇宮也陷入一片騷亂，僕人們連忙跑去找梯子。宮裡有數百人看著猴子坐在屋脊上，一隻前爪像抱嬰孩般地緊抱著我，另一隻前爪餵我吃東西，把一側頰囊中擠出的食物往我嘴裡塞，我不肯吃，牠還輕輕地拍打我，使得下面圍觀的人都忍不住哈哈大笑。我想這也不能怪他們，因為當時的情景，除了我以外，任誰看了都會覺得很可笑。有幾個人往上面丟石頭，希望把猴子趕下來，但是立刻就被制止，否則我可能已被砸得頭破血流。

梯子架妥之後，幾個人爬了上來；猴子見狀，發現自己幾乎被包圍，於是把我丟在屋脊的瓦片上，自己逃命去了。我在離地面三百碼的瓦片上坐了一陣子，隨時可能被風吹落，或者因為自己頭昏目眩而摔倒，從屋脊一直翻滾到屋簷。幸好，一個誠實的小夥子爬了上來，他是小保姆的男僕，他把我放進他的褲袋裡，安全地帶了下來。

猴子硬把髒東西塞到我嘴裡，差點把我噎死，幸好小保姆趕緊用一根細針把它們挑出來，我吐了一陣之後才覺得舒服許多，不過還是很虛弱，身體兩側也被那可惡的畜牲掐傷，被迫臥床休息了兩個星期。在我生病期間，皇帝、皇后以及宮廷每天都派人前來探問我的健康，皇后還親自駕臨好幾次。那隻猴子最後被處死了，而且皇宮裡再也不准飼養這種動物。

我每天都為宮裡提供荒謬可笑的故事。格蘭達莉琦雖然對我十分愛護，但是每當我做了什麼蠢事，她就會淘氣地向皇后報告，以便討皇后開心。有一次小女孩身體不適，女教師帶她出城到三十英里外、約一小時車程的地方透透氣，她們在一條田野小徑附近下了車，格蘭達莉琦放下我的旅行箱子，讓我到外面走動。小徑上有一堆牛糞，我試圖跳過去一展身手；我向前跑去，可惜跳得不夠遠，結果正好落在牛糞中央，深及膝蓋，我費力地從牛糞堆裡走出來，雖然一個男僕用手帕盡量替我擦拭乾淨，我仍然滿身汙穢，所以小保姆把我關在箱子裡，直到我們返回宮裡。皇后很快就知道了事情的經過，那幾個男僕更將此事傳遍宮廷，所以我的糗事一連好幾天又成為大家的笑柄。

第六章 展露手工藝

我每星期晉見皇帝一次或兩次，經常看到理髮師幫他刮鬍子，初次看到那情形著實令我嚇了一跳，因為那把剃刀約有兩把普通鐮刀那麼長，根據這個國家的習俗，皇帝一星期只刮兩次鬍子。有一次，我說服理髮師給我一些刮下來的肥皂沫，從裡面挑選了四、五十根最粗硬的鬍渣，然後找來一塊好木頭，把它削成梳背的形狀，又向格蘭達莉琦要了一根最小的針，在梳背上鑽了幾個等距離的孔，再把鬍渣固定在小孔裡，最後用小刀把鬍渣末端削尖，如此就做成了一把很不錯的梳子。我原本那把梳子的梳齒已經嚴重毀損，幾乎不能使用，這把新梳子正好能派上用場，我不認為這個國家有哪位工匠的精巧技藝，能幫我另製一把好用的梳子。

這使我想到了一個有趣的點子，我花了許多閒暇時間在上面，我請皇后的女僕替我把皇后梳頭時掉落的頭髮保留起來，沒多久便收集了很多。我和奉命來幫我做點零碎工作的木匠朋友商量了一下，指導他做出兩張和我箱子裡那幾把椅子差不多大小的椅架，並在設計作為椅背和椅座的地方，用細鑽子鑽一些小孔，接著，我挑選出最堅韌的幾根頭髮，將它們穿過這些小孔，就像英國人製做籐椅那樣。椅子完成之後，我把它們當成禮物送給了皇后，她把椅子擺在櫥櫃裡當成奇珍異物來展示，而事實上，看過的人無不嘖嘖稱奇。皇后要我坐上其中一把椅子，但我堅定地拒絕，表示寧死也不願把身體不潔的部位放到那些寶貴的頭髮上，那可是曾經為皇后的頭部增輝的東西啊！此外，我又利用那些頭髮做了一個約五呎長的小錢包，並用金線織上皇后的名字，徵得皇后同意之後，我把錢包送給了格蘭達莉琦，不過說實話，這個錢包中看不中用，因為它承受不了大錢幣的重量，所以格蘭達莉琦只放了一些女孩們喜歡的小玩物在裡面。

皇帝喜好音樂，經常在宮裡舉行音樂會，有時他們也讓我出席，把箱子放在桌子上好讓我聆聽演奏。不過音樂聲太大了，我幾乎分辨不出是什麼曲調。我相信，即使皇家軍隊所有鼓號在耳邊齊奏，也沒有這麼大聲。因此，我請他們讓箱子盡量遠離演奏者，然後關上門窗，放下窗簾，這才覺得他們的音樂並不難聽。

我年輕時曾學過一點古鍵琴，格蘭達莉琦的房裡就有一架，一名教師每星期來教她兩次，我把那架琴也叫做古鍵琴，是因為它們的外型相似，彈奏的方法也一樣。我突然有個想法，可以用這臺樂器彈奏一首英國曲子取悅皇帝和皇后，不過這件事相當困難，因為那架古鍵琴有六十呎長，每個琴鍵幾近一呎寬，就算我兩臂伸直，最多也只能觸及五個琴鍵，而且非得用拳頭猛擊才能按下琴鍵，這樣實在太費力了，也不會有什麼效果。後來我想出一個辦法，準備了兩根和普通棍棒差不多大小的圓棍，一頭比較粗，一頭比較細，較粗的一頭用老鼠皮包起來，這樣敲打時才不會傷到琴鍵，也不會干擾音樂，琴鍵前擺了一張比鍵盤約低四呎的長凳，然後我就在上面左右盡量快跑，並用那兩根圓棍敲擊正確的琴鍵，設法演奏了一首快步舞曲。皇帝和皇后非常開心，不過對我來說，這可是我做過最劇烈的運動，即使如此，我仍然無法敲擊超過十六個琴鍵，所以無法像其他音樂家那樣同時彈奏出低音和高音，這使得我的演出大為失色。

皇帝的領悟力很強，時常叫人把我連人帶盒擺到房間的桌上，再命令我從箱子裡搬出一張椅子坐在盒頂，這樣我和他的臉就差不多在相同高度。我們以這種方式交談了幾次，有一天，我直率地對皇帝說，他對歐洲及世界其他各地所顯露的鄙視態度，似乎與他卓越的心靈不相符，一個人的心智才能並不隨著他的身材成長，相反地，在我們國家，我們發現最高大的人往往最缺乏才智；在動物界，蜜蜂和螞蟻比起許多較大的動物更具有勤勉、靈巧和聰慧的好名聲。因此，雖然我在他眼中微不足道，我還是願意竭盡心力為他效勞，皇帝專心地聽我說完，對我的評價比以往更高了，他希望我把英國政府的情況盡量仔細地告訴他，雖然君王們都喜歡自己的風俗制度，但是如果有值得效法之處，他也樂意聽取。

第七章 巨人國的制度

為了討好皇帝以獲得更多寵幸，我告訴他：三、四百年前有人發明了一種粉末，即使只有一點火花，也會立刻被點燃，把山那麼大的物體炸得飛到半空中，聲響和震動比打雷還厲害。按照管子的大小，把適當分量的粉末裝進中空的銅管或鐵管，就可以將鐵彈或鉛彈推射出去，力道之強與速度之快，沒有任何東西可以抵擋，以這種方法發射最大砲彈，不僅可以摧毀一整支軍隊，還能把堅固的城牆夷為平地，把可乘載一千名士兵的大船隻擊沉海底，如果用鏈條把所有船隻串在一起，子彈擊出能打斷桅杆和索具，攔腰截斷數百人的身軀，將一切都摧毀。我們經常把這種粉末裝入中空的大鐵球中，用機器發射到我們正在圍攻的城市，就可以將道路、房舍炸毀，碎片紛飛，鄰近的人都會被炸得腦漿迸裂。我說可以指導皇帝的工人製造出比例相稱的砲管，最長不會超過一百呎，備有二、三十枝這種砲管，填裝一定數量的粉末和砲彈，就可以在數小時內摧毀王國裡最堅固的城牆，如果城裡的人膽敢抗拒陛下的命令，甚至可以把整個城鎮炸毀。我謙卑地獻出此策略，以回報陛下對我的恩寵和庇護。

皇帝對於我描述的那些可怕武器和提議大為震驚。他很驚訝我這個卑微無能的小蟲竟有如此殘酷的想法，而且在描繪那些毀滅性武器所造成的殺戮和破壞時，似乎顯得無動於衷。他說發明這種機器的人，一定是邪惡的天才、人類的公敵。他堅決表示寧可失去半個王國，也不願知道這種武器的祕密，於是他命令我，如果珍惜自己的性命，以後就不要再提這件事。

有一天我和皇帝談話時，提到英國有幾千本論述政治的書籍，沒想到竟使他鄙視我們的智慧。他痛恨且鄙視君王或大臣的一切祕密和陰謀，他們既沒有敵人也沒有敵國，所以不明白我所謂的國家機密是什麼意思。他還認為，任何能使原來只生產一串稻穗、一片草葉的土地長出兩串稻穗、兩片草葉，那麼他對國家和全人類的貢獻，遠比所有政客加起來還要多。

這個國家和中國一樣，在很久以前就發明了印刷術，可是他們的圖書館並不大，規模最大的皇家圖書館，藏書也不超過一千冊，全都陳列在一個一千二百呎長的長廊裡，我可以在那裡自由借閱圖書。皇后的木工在格蘭達莉琦的房間裡設計了一架二十五呎高的木製器具，外型就像一架直立的梯子，每一階梯都有五十呎長，這其實是一架可以搬動的梯子，梯腳離房間牆壁約十呎，我把想看的書斜靠在牆壁上，先爬到梯子最上層，然後面朝書本從頁首開始，根據每行不同的長度，左右來回大約走八到十步，直到文字低於視線，再慢慢一階一階往下降，直到最底層，然後，我重新爬上梯子，用同樣的方法閱讀另一頁。我能輕易地用雙手翻動書頁，因為書頁像紙板一樣又厚又硬，最大的開本也不過十八到二十呎長。

他們的文風清新、雄健、流暢，但是不怎麼華麗，因為他們最忌諱不必要的詞彙或太多樣化的表達方法。我仔細閱讀過他們的許多書籍，尤其是歷史和道德方面的，至於其他方面的書，我最喜歡的是一直擺在格蘭達莉琦臥室裡那本女教師的小舊書，這位莊重年長的女士喜歡閱讀道德和信仰方面的書籍，這本書主要探討人性的弱點，不過除了婦女和庶民外，並不怎麼受到重視。

至於軍事，他們則誇耀說，皇帝的大軍包括十七萬六千名步兵和三萬兩千名騎兵。事實上，這支軍隊是由幾個城市的技工和鄉下的農夫所組成，指揮官則是當地的貴族和鄉紳，他們沒有薪俸或賞賜，所以不知道能不能稱做軍隊。不過他們確實操練精實、紀律嚴明，但我看不出有什麼其他特別的優點，因為每一個農民都由他們的地主指揮，每一個市民都由所在城市的首長統率。

我常常看到羅布魯格魯城的民兵部隊在郊外一塊二十平方英里的大原野上操練，總共不超過兩萬五千名步兵和六千名騎兵，不過他們占的範圍太廣，我無法計算出確切的數目。騎在大戰馬上的騎兵約有一百呎高，我曾見過全部騎兵在一聲令下後，同時拔出劍在空中揮舞的景象，沒有人能想像如此壯觀驚人的場面，彷彿是萬道閃電同時在天空中奔馳。

我感到納悶的是，既然這個國家與世隔絕，沒有路可以通往這裡，為什麼這位君王想要擁有軍隊，還讓百姓接受軍事訓練。但是藉由與人交談和閱讀他們的歷史，我很快就知道了其中的道理，因為許多世代以來，他們也犯了全人類的通病，也就是：貴族爭權、人民爭自由、君王爭絕對專制。儘管這三方面都受到王國的法律規範，但有時總有一方會違反法律，造成不止一次的內戰發生。最後一次內戰幸而被現任皇帝的祖父平定了，於是三方面一致同意設立民兵部隊，從此嚴格執行各自的職責。

第八章 被老鷹叼走

我在這個國家已經待了兩年，邁入第三年的時候，格蘭達莉琦和我陪同皇帝皇后到王國的南方海岸巡視。他們一如往常把我放在旅行箱子裡帶著。我吩咐他們替我準備一張吊床，用絲繩固定在盒子的四個角落，外出時我會要求騎馬的僕人把我擺在他的前面，藉以減輕顛簸，途中我也經常睡在吊床裡。在屋頂上方，並非吊床正上方，我要求細木工開了一個一呎平方的洞，這樣可以讓我在天熱睡覺時透透氣。洞上有一塊木板，可以順著溝槽前後推移，方便隨時把它關上。

行程將盡之際，皇帝認為應該到弗蘭夫拉斯尼克，一座離海邊不到十八英里的城市。格蘭達莉琦和我都已疲憊不堪，我有點感冒，可憐的格蘭達莉琦則病得出不了門，我渴望看到大海，如果有機會，那也是我唯一可以逃走的地方。我假裝病得很嚴重，希望由一位我很喜歡的男僕帶我到海邊呼吸新鮮空氣，我永遠忘不了格蘭達莉琦是多麼不情願地答應，也忘不了她是如何嚴令僕人小心照顧我。她當時淚如雨下，好像預感即將發生的事。

男僕提著我的旅行箱子走出行宮，大約半個小時後便來到海邊的岩石上，我吩咐他把箱子放下，然後打開一扇窗子，滿懷憂愁地望著大海。我覺得很不舒服，便對僕人說想在吊床上睡一會兒，希望會好一點。爬上吊床後，男僕為我關上窗子以防著涼，我很快的睡著了，可以猜想的是在我睡著的時候，僕人認為不會有什麼危險發生，就跑到岩石堆裡尋找鳥蛋，因為我剛才從窗口看到他在那裡四處尋找，並且在岩縫間揀到了一、兩顆。

過了一會兒我突然驚醒，因為旅行箱頂上便於攜帶的鐵環被猛烈地扯了一下，我感覺箱子被高舉到空中，然後飛快地往前移動。先前那一下震動差點使我從吊床上跌下來，不過隨後倒很平穩，我用盡力氣大喊了幾聲，然而卻一點用也沒有。我朝窗外望去，除了天空和雲朵，什麼也看不見，我聽到頭頂上彷彿有翅膀拍動的聲

音，這才意識到自己置身在多麼悲慘的處境，原來是一隻老鷹用嘴銜住了旅行箱上的鐵環。這種鳥很聰明，嗅覺也十分敏銳，從很遠的地方就能發現獵物，即使獵物藏身在比我這兩吋厚的木板更安全的地方也難逃一劫。

不久之後，我覺得翅膀拍動的聲音變得更快，旅行箱子就像狂風中的路標一樣上下晃盪，接著聽到了幾聲撞擊的聲音，我想是老鷹遭到了攻擊，隨後猛然感覺到自己垂直往下墜超過一分鐘，那速度快得令人難以置信，我差點喘不過氣。突然啪地一聲巨響，擋住了我的墜落，那聲音聽起來比尼亞加拉瀑布還要響，隨後又是一分鐘漆黑的情況，接著箱子高高升起，光線從最上面的窗子透射進來，這時我才發現自己掉進了海裡。那只箱子由於我的體重和裡面的東西，以及釘在頂部與底部四角的寬鐵板，大約有五呎浸泡在水裡。我當時猜想，那隻抓走我箱子的老鷹被另外兩、三隻同類追趕，牠們也想分一杯羹，那隻老鷹為了保衛自己，不得不扔下我和牠們搏鬥。箱子底部的鐵板很堅實，所以下墜時得以保持平衡，落到海面時也沒有被砸得粉碎，箱子的接縫處都很嚴密，門也不是靠鉸鏈開關的，而是像窗戶那樣上下拉動，所以我這間小屋緊密得幾乎沒有水滲進來。我費力的爬出吊床，冒險拉開屋頂上那塊活動木板讓空氣透進來，否則感覺就要被悶死了。

那時我多麼希望能和親愛的格蘭達莉琦在一起啊！才一個小時我們就分隔如此遙遠。老實說，雖然自己正遭遇不幸，但還是忍不住要為我那可憐的保姆感到哀傷，失去了我她會多麼痛苦啊！而皇后說不定也會遷怒於她，她的未來也將因此受到摧毀。我每分每秒都擔心箱子會被撞得粉碎，一陣狂風或一個巨浪都會將它掀翻。只要窗戶上出現一道裂痕，我就會立刻送命，幸虧當初為防止旅行時出意外而在窗戶外加裝了堅固的鐵絲網，否則窗戶早就保不住了。此時，我看到幾處縫隙已經開始滲水，雖然不嚴重，我還是盡全力將它堵住，我無法推開屋頂，否則絕對會立刻坐到箱子頂上，這樣至少可以多活幾個小時，總比在這裡「關禁閉」來得好。可是，就算我度過了這些危險而多活一、兩天，最後除了饑寒交迫悲慘地死去外，還能有什麼希望呢？過了四個小時，時時刻刻都在等待末日來臨。

正在發愁之際，突然聽到箱子裝有鉤環的一面發出一陣摩擦聲，再過了一會兒，我開始覺得箱子在海中被拖著前進，而且激起的浪濤幾乎湧到窗頂，幾乎使我陷入一片漆黑。這使我燃起了一絲獲救的希望，儘管我想不出任何可能性，我仍然冒著危險將釘在地板上的一張椅子的螺絲鬆開，再使勁把椅子搬到活動木板的正下方固定，我爬上椅子，盡可能地把嘴湊近洞口，用我懂的各種語言高聲呼救。接著，我在隨身攜帶的手杖上綁上手帕，把手杖伸出洞去，在空中揮舞了好幾下，如果附近有船隻經過，水手們可能會猜想到這箱子裡關了一個不幸的人。

過了一個小時，也許還要久一點，箱子裝有鉤環的那面撞上了什麼堅硬的東西，我擔心那是塊礁石，因為這時我感覺搖晃得更厲害了，且清楚地聽到箱子頂上發出聲響，像是纜繩穿過那鉤環發出的摩擦聲。接著，我覺得自己慢慢地往上升，至少比原來高了三呎，於是我再次把手杖伸出去，大聲呼救，直到嗓子都快喊啞了。這次呼救有了回應，我聽到頭頂上有腳步聲，有人從洞口用英語大喊：「下面如果有人，請快說話！」我回答說我是英國人，哀求他們把我從這暗牢中救出去。那聲音回答說我已經安全了，箱子已經繫到他們的船上，木匠馬上就過來，會在箱子頂上鋸一個大洞，然後把我拉出去。我回答說，用不著那麼麻煩，只要請一名水手用手指鉤住鉤環，把箱子提出海面放到船上，再提到船長室就行了。他們聽到我這般胡言亂語，以為我瘋了，有些人則哈哈大笑，因為我確實完全沒有想到，那時已經遇上了與我身材和力氣相當的人。木匠抵達之後，沒幾分鐘就鋸開了一個四呎平方的通口，並且放下一個小梯子，身體虛弱的我爬了上去，就這樣被帶到船上。

水手們都非常驚奇，問了一大堆問題，我卻感到困惑，因為長久以來我已看慣了那些龐然大物。船長見我快要暈倒了，就把我帶到他的艙室，給我喝了一杯甘露酒以便覺得舒適些，並且讓我躺到他的床鋪上休息。入睡之前告訴他，那箱子裡有幾件珍貴的家具，丟了未免可惜，包括一張吊床、一張行軍床、兩把椅子、一張桌子，還有一個櫥櫃，而且箱子四處都鋪著絲綢和棉花；如果他請一名水手去把那箱子拿到艙室，我會當面打開，把那些東西展示給他看。他走到甲板上，派幾個人下去箱子把所有東西都搬了出來，牆壁上的襯墊也都扯了下來；不過椅子、櫥櫃還有床架都是用螺絲釘

在地板上的，無知的水手們卻硬生生地將它們拆下來，結果損毀得非常嚴重。他們還拆下幾塊木板帶回船上使用，把想要的東西都拿走，然後再把空箱子扔進了海裡，因為箱底和四壁有不少裂縫，所以箱子立刻就沉入海裡。

我不斷被惡夢所擾，夢見經歷的種種危險。一覺醒來，船長立即吩咐準備晚飯。他希望我述說旅行的經過，以及為何會被困在那只大木箱中漂流海上，他坦率地問我是不是犯了什麼大罪，所以被某個君王下令關到箱子裡作為懲罰。船長說，他很遺憾把我這個惡人搭救上船，但他還是會讓我安全上岸。

我懇請船長耐心聽我講個故事，於是把自己最後一次離開英國到他發現我為止的那些經過，詳實地說了一遍。為了進一步證實我所說的一切，我請他派人把我的櫥櫃抬進來，櫥櫃的鑰匙還在我的口袋裡，我當著他的面打開櫥櫃，把我在大人國收集的幾項珍奇玩物拿給他看，裡面有一把用皇帝的鬍渣做成的梳子、幾根一呎到半碼長的縫衣針和別針、四根像細木工用的大頭釘般的黃蜂刺、皇后的幾根頭髮，還有一枚皇后送我的金戒指，皇后從小指上取下來套到我頭上，像個項圈似的。我請船長收下這枚戒指，以回報他殷勤的款待，可是他堅決不收。我又拿出一顆親手從一位宮女腳趾割下來的雞眼給他看，那和英國肯特郡生產的蘋果一樣大，但變得非常堅硬，我回英國後把它挖空做成了一個杯子，並且用白銀鑲嵌起來。

我硬要船長收下一顆僕人的牙齒，因為我見他十分好奇地端詳而且很是喜歡，最後他千恩萬謝地接受了。其實那只是件小東西，他根本不必如此，那牙齒是一位笨拙的醫生從一個牙痛的僕人嘴裡誤拔下來的，它其實是一顆好牙，約有一呎長，直徑四吋，我把它洗淨後擺到櫥櫃裡。

船長說希望我回英國後能把這一切寫下來公諸於世。不過有件事他覺得很奇怪，為什麼我說話總是那麼大聲，他問我是不是大人國的皇帝和皇后都有重聽，我跟他說，兩年多來我一直都用這種音量說話，我也覺得很奇怪，他和水手們說話的聲音低得像是耳語，不過我還是可以聽得很清楚。

在返回英國的途中，我要求把一些東西留下作為搭船費用，但船長堅決分文不收，我們親切話別，並邀約他日後造訪我在瑞德里夫的家，還向他借了五先令雇用一匹馬和一位嚮導。

一路上，我覺得房屋、樹木、牲口和人都很渺小，有置身小人國的感覺。我深怕踩到路上行人，所以常常大聲叫喊要他們讓路。有一、兩次，我差點因為這種無禮的舉動被打得頭破血流。

到家後，一名僕人開了門，我像鵝穿越籬笆門一樣彎著腰走進去，唯恐撞到了頭。妻子跑出來擁抱我，我彎腰低到她的膝蓋，以免她搆不到我的嘴脣。女兒跪下來向我請安，我長久以來已習慣於仰看六十呎以上的高處，所以等到她站起來之後我才看見她，才走上前一手將她攔腰抱起。我俯視僕人和家裡來的一、兩個朋友，好像他們都是矮子，我是巨人。總之，我的舉動非常不可思議，大家都和船長初次見到我一樣，斷定我精神失常。我之所以提起這一點，是為了舉例說明習慣和偏見的力量是很大的。

國家圖書館出版品預行編目資料

格列佛遊記 / 強納森．史威特(Jonathan Swift)著；張惠凌譯； -- 初版. -- 臺中市：晨星，2017.06

面； 公分.--（蘋果文庫；90）

譯自：Gulliver's travels

ISBN 978-986-443-267-7（平裝）

873.59 106006076

蘋果文庫 090

格列佛遊記

作者 | 強納森．史威特(Jonathan Swift)
譯者 | 張惠凌、繪者 | 黃郁菱

責任編輯 | 呂曉婕、文字編輯 | 黃以柔
校對 | 沈慈雅、呂曉婕、黃以柔
封面設計 | 伍迺儀、美術設計 | 張蘊方

創辦人 | 陳銘民
發行所 | 晨星出版有限公司、台中市407工業區30路1號
TEL:(04)23595820 FAX:(04)23550581
E-mail:service@morningstar.com.tw
http://www.morningstar.com.tw
行政院新聞局局版台業字第2500號

法律顧問 | 陳思成律師
郵政劃撥 | 22326758（晨星出版有限公司）
讀者服務專線 | 04-23595819#230
初版 | 西元2017年06月01日
印刷 | 上好印刷股份有限公司

ISBN | 978-986-443-267-7
定價 | 199元

Gulliver's Travels
Printed in Taiwan